克勒门文丛

玻璃电台

上海老歌留声（增补版）

陈 钢　淳 子　著

生活·讀書·新知　三联书店

图书在版编目(CIP)数据

玻璃电台:上海老歌留声:增补版／陈钢,淳子著.—北京:生活·读书·新知三联书店,2015.8
(克勒门文丛)
ISBN 978－7－108－05456－2

Ⅰ.①玻… Ⅱ.①陈…②淳… Ⅲ.①散文集－中国－当代
Ⅳ.①I267

中国版本图书馆 CIP 数据核字(2015)第 185354 号

责任编辑　麻俊生

封面设计　蔡立国

封面插图　林明杰

责任印制　黄雪明

出版发行　生活·讀書·新知 三联书店
　　　　　(北京市东城区美术馆东街 22 号)

邮　　编　100010

印　　刷　上海丽佳制版印刷有限公司

排　　版　南京前锦排版服务有限公司

版　　次　2015 年 8 月第 1 版
　　　　　2015 年 8 月第 1 次印刷

开　　本　880 毫米×1230 毫米　1/32　印张　5.75

字　　数　118 千字

印　　数　0,001—5,000 册

定　　价　28.00 元

序 │ 留住上海的万种风情

陈钢

当我们走进上海的大门——外滩时,首先听到的是黄浦江上的汽笛长鸣和海关大本钟扬起的钟声。那是上海的声音、历史的声音和世界的声音。接着,我们可以看到那一道由万国建筑博览群组成的刚健雄伟、雍容华贵的天际线,它展示了作为现代国际大都会大上海的光辉形象。当我们转身西行,乘着叮当作响的电车驶进满街梧桐的霞飞路(现淮海路)时,又会在不知不觉里被空气中弥漫的法国情调所悄然迷醉,也会自然而然地想起张爱玲所说的"比我较有诗意的人在枕上听松涛、听海啸,我是非得听见电车响才睡得着觉的……"。除了这张爱玲所特别钟爱的上海"市声"外,我们还能在电影、舞厅和咖啡馆里找到世界的脉搏和时代的节奏,找到上海的声音。丹尼尔·贝尔认为,"一个城市不仅是一块地方,而且是一种心理状态,一种独特生活方式的象征"。上海是中国一块得天独厚的风水宝地,它不仅使古老的中国奇迹般地出现了时尚繁华的"东方华尔街"和情调浓郁的"东方巴黎",而且催生了中国的城市文化——海派文化,催生了中国的第一部电影、第一个交响乐团、第一所音乐学院和诸多的"第一"……

"克勒"曾经是上海的一个符号,或许它是 class(阶层)、color(色彩)、classic(经典)和 club(会所)的"混搭",但在加上一个"老"字后,却又似乎多了层特殊的"身份认证"。因为,一提到"老克勒",人们就会想到当年的那些崇尚高雅、多元的审美情趣和精致、时尚生活方式的"上海绅士"们。而今,"老克勒"们虽已渐渐离去,但"克勒精神"却以各种新的方式传承开发,结出新果。为此,梳理其文脉,追寻其神韵,同时将"老克勒"所代表的都会文化接力棒传承给"大克勒"和"小克勒"们,理应成为我们这些"海上赤子"的文化指向和历史天职。于是,"克勒门"应运而生了!

"克勒门"是一扇文化之门、梦幻之门和上海之门。推开这扇门,我们就能见到一座座有着丰富宝藏的文化金山。"克勒门"是一所文人雅集的沙龙,而沙龙也正是一台台城市文化的发动机。我们开动了这台发动机,就可能多开掘和发现一些海上宝藏和文化新苗,使不同的文化在这里可以自由地陈述、交流、碰撞和汇聚。

"克勒门"里美梦多。我们曾以"梦"为题,一连推出了十二个梦。"华梦""诗梦""云梦""戏梦"……从"老克勒的前世今生"到"上海名媛与旗袍",从"海派京剧"到"好莱坞电影",从"小口琴"到"大王开"……在"寻梦"中,我们请来作家白先勇畅谈他的"上海梦",通过"尹雪艳总是不老"来阐明"上海永远不老"的主旨。当然,上海的"不老"是要通过文化的传承和发展来实现的。于是,我们紧接着又将目光指向年轻人、指向未来,举行了"青梦",三位上海出生的、享有国际声誉的"小克勒"回顾他们在青春路上的种种机遇、奋进和梦幻。梦是现实的奇异幻境,可它又会化为朵朵彩云,洒下阵阵细雨,永远流落在人世间。

"克勒门"里才俊多。这里有作家、诗人、画家、音乐家、演员、记者和来自四面八方的朋友们。他们不仅在这里回顾过往、将记忆视为一种责任,更是以百年上海的辉煌作为基点,来远望现代化中国的灿烂未来!有人说,"克勒门"里的"同门人"都很"纯粹"。纯粹(pure)和单纯(simple)还不完全一样。单纯是一种客观的状态,而纯粹,是知晓世事复杂之后依然坚守自己的主观选择。因为"纯粹",我们无所羁绊;因为"纯粹",我们才能感动更多"同门人"。

"克勒门"里故事多。还记得当"百乐门"的最后一位女爵士乐手、88岁的俞敏昭被颤颤巍巍地扶上舞台,在钢琴上弹起《玫瑰玫瑰我爱你》时顿时青春焕发的动人情景吗?还记得"老鸿翔"小开金先生在台上亲自示范、为爱妻丈量旗袍的三十六个点的温馨场面吗?当见到白先勇在"克勒门"舞台上巧遇年少时的"南模"同窗,惊讶地张大眼睛的神情和"孙悟空之父"严定宪当场手画孙悟空,以及"芭蕾女神"谭元元在"克勒门之家"里闻乐起舞,从室内跳到天台的精彩画面时,你一定会觉得胜似堕入梦中。当听到周庄的民间艺人由衷地用分节长歌来歌颂画家陈逸飞,"90后"老人饶平如初学钢琴、在琴上奏出亡妻最爱的《魂断蓝桥》,特别是当配音艺术家曹雷在朗诵她写给英格丽·褒曼、也是写给自己的那首用心写的短诗时,你一定有一种别样的感动!还有,作家程乃珊的丈夫严尔纯在笑谈邬达克精心设计的绿房子时所流溢的得意之心,和秦怡老师在"王开照相馆"会场外意外发现亲人金焰和好友刘琼照片时所面露的惊喜之情,都会给我们带来一片片难忘的历史的斑痕和一阵阵永不散落的芳香……

记忆是一种责任。今天,当我们回望百年上海时,都会为这座曾经辉煌的文化大都会感到自豪,但也会情不自禁地为那一朵朵昔日盛开的文化奇葩的日渐萎谢而扼腕叹息。作家龙应台说,文化是应该能逗留的。为了留下这些美丽的"梦之花",为了将这些上海的文化珍宝串联成珠、在人世间光彩永放,"克勒门"与发祥于上海的"老牌"出版社生活·读书·新知三联书店共同筹划出版了这套"克勒门文丛",将克勒门所呈现的梦,一个一个地记录下来。这里,我们所推出的这本书是陈钢与淳子合著的《玻璃电台——上海老歌留声》。

上海的"现代性"(modern)就在于它的"新奇和时髦"。当年"四大公司"中的"新新"(SunSun)与"大新"(The Sun)的名字里都包含着一个"新"字,依照"新新"公司总经理李敏周之子李承基的说法,"新新"之命名,语出《大学》中的"苟日新,日日新,又日新"一句,意谓日日都有新的进步,日日都有新的成就。"新新"进入上海市场的年份大大晚于"先施"和"永安",但它出奇制胜吸引客人,自行设计、装备了上海第一个由中国人创办的广播电台,因电台的房子四周是用玻璃隔断的,俗称"玻璃电台"。有人这样描写,"玻璃电台"常有艺人登台演出,不少食客喜欢赶时髦、图新鲜,闻讯纷至沓来。听众既能大快朵颐,又能大饱眼福,一举两得。食客济济一堂,致营业额一路飙升。"玻璃电台"吸引听众络绎不绝确有妙招,如请"大牌"评弹艺人说长篇评书,往往在紧要关头之时，艺人一拍惊堂木，曰"欲知后事如何，且听下回分解"，吊足了食客听众"胃口"，使他们欲罢不能，心甘情愿接二连三前来就餐并视听"玻璃电台"。

当年，我母亲金娇丽曾在"玻璃电台"任广播员，还曾作为校花上过《良友》杂志，可谓是当时标准的"时尚女性"。现在，当我们通过《玻璃电台》这本书来"鸳梦重温"时，不仅可以翻阅一篇篇文章，看到姚莉、周璇、白光和李香兰她们缓缓地走来的身影，而且可以穿越一曲曲上海老歌，听到歌曲背后的故事。更为重要的是，我们可以通过"玻璃电台"的反射，看到一个开放、透明的现代国际大都会的缩影，听到这座城市的留声。

"克勒"是一种气度、一种格调，更是一种精神、一种文化。让我们一起走进"克勒门"和"克勒门文丛"，寻找上海，发现上海，书写上海，歌唱上海，让我们每个人都成为有历史守望与文化追寻的梦中人，传承和发扬高雅、精致和与时俱进的海派文化精粹，用我们的赤子之心留住上海的万种风情！

目录

序　留住上海的万种风情 l1

花开不败　（陈钢）

玻璃电台
　　——上海老歌留声 l3

摩登上海 l9

先贤的声音 l13

玫瑰之恋 l17

海上歌仙 l29

绝唱
　　——忆我的父亲陈歌辛 l34

母亲教我的歌 l45

唱不尽的夜来香 l53

又见李香兰 163

沉香屑 （淳子）

小红楼的碎片记忆
　　——当年歌星们的梦工厂 173
中国流行歌曲开山人
　　——黎锦晖 182
枕流公寓里的吊灯
　　——周璇 187
唱出中国电影第一声
　　——阮玲玉 193
北方大妞
　　——白光 103
苏州河边
　　——姚莉 113

词三千

　　——陈蝶衣 |128

上海色拉

　　——潘迪华 |142

灵异的蝴蝶

　　——李香兰 |149

附录

老歌不老

　　——陈钢、淳子对话 |159

花开不败

（陈钢）

玻璃电台

——上海老歌留声

　　淳子坐在那里,坐在她那工作了几十年的电台里。那不是"玻璃电台",可她主持的节目——《上海老歌三人谈》,谈的却是当年老上海的"玻璃电台"。

　　1926年1月23日建成开业的上海"新新公司"6层的新都饭店,别开生面地在大厅里自行设计、自行装备了第一个由中国人创办的广播电台,因电台的房子四周是用玻璃隔断的,故俗称为"玻璃电台"。这也许可以视为当年电台透明、开放的某种象征,和白领女性走进都市生活的一个标志。我母亲当年就曾在"玻璃电台"里担任过播音员,淳子那时虽未出生,可她现在却是当代播音红人。与常人所不同的是,在直面当今现实的同时,她的目光常常注视着上海的过往。

　　淳子坐在那里,坐在《淳子咖啡馆》节目的播音台前。我不由得想起了她往昔的当红节目《相伴到黎明》。整整10

年,她夜夜与那些不相识的朋友们,通过电波促膝谈心,为他们送上了女性特有的心灵鸡汤,使他们走出迷茫与困境。今天,她又在做什么呢? 她的角色转换一定会引起老听众们的新关注,也同时会传达出一个信息:上海老歌,永远不老!

淳子坐在那里,坐在她旁边的是旅美女作家李黎,一位"张迷",也是一位老歌迷。还有一个就是我。没想到的是,上海老歌不仅使我们三个人从不同的地方聚合到这里,也使张爱玲和她的《色·戒》,浮现在我们的语境中。老歌带出了张爱玲,张爱玲也带出了老歌。张爱玲也坐在那里。不,她是站在那里,站在她曾居住过的爱丁顿公寓(现常德公寓)的阳台上。登高远眺,她可以见到百乐门,也可以听到从那里传出来的歌声。她听到了《蔷薇处处开》……

"有一天深夜,远处飘来跳舞厅的音乐,女人尖细的喉咙唱着《蔷薇处处开》,偌大的上海,没有几家点着灯,更显得夜的空旷……

"上海就在窗外,海船上的别离,命运性的决裂,冷到人心里去……在这样凶残的、大而破的夜晚,给它到处开起蔷薇花来,是不能想象的事,然而这女人还是细声细气很乐观地说是开着的,即使不过是绸绢的蔷薇,缀在帐顶、灯罩、帽檐、袖口、鞋尖、阳伞上,那幼小的圆满也有它的可爱可亲。"

"幼小的圆满",形容得多么贴切呀! 在笼罩着"惨雾愁云"的孤岛上,确实很少能找到蔷薇盛开的地方。可是,即使只有在空中飘来的、细声细气的蔷薇之歌,却多少也能给人带来一丝抚慰、希望与"幼小的圆满"。就像歌曲作者陈歌辛所创作的另一首歌《花样的年华》一样,它一方面刻画了"蓦地里,这孤岛笼罩着惨雾愁云"的残酷现实;另一方面,它又唱出了作者真正的潜台词:"啊,可爱的祖国,几时我能够投进你的怀抱,能见那雾消云散,重见你放出光明。"……

李黎从张爱玲谈到了《蔷薇处处开》,又从"蔷薇"谈到了"文革"后第一个重唱"蔷薇"的朱逢博,谈着谈着,李黎突然兴奋得咳嗽起来,她赶快用手捂着嘴,而淳子与我也不约而同地将视线移到了她的手和手上那只闪亮的钻戒。

"20年了,老了!"李黎不无感慨地说。

"不老不老!它比现在的新款更漂亮!"淳子脱口而出。

我突然想起了张爱玲的《色·戒》,这篇她很久前写的、又写了很久的小说,最近被李安搬上了银幕。它"老"了吗?没有!它就像李黎手上的钻戒,虽然小巧,却有多面;虽然无色,但很璀璨!而张爱玲散文中提到的那些歌"老"了吗?没有!当年曾经枯萎的蔷薇,现在不是开得更欢了吗?!

张爱玲在另一篇散文中这样写道:"从前上海的橱窗比香港的值得看,也许白俄多,还有点情调。"

这里的关键词是"情调"。"情调",也可称作"味道",是一种看不见、摸不着的东西,但却散发不息,留之弥久。王家卫拍《花样年华》时,为了营造上海的"味道",特地请出了"上海大姐大"潘迪华来扮演房东太太。可你们是否知道,原本在电影中是没有这场戏的。只是因为王家卫在电影院里偶然遇见了她,遇见了9年前参加拍摄《阿飞正传》,而9年后依然风姿绰约的潘迪华后,才决定为她加戏——或者说,是为戏加她的。因为,她那几句"味道好极了"的上海话,一下子就点中了当年上海味道的"穴"，为这部电影注入了上海牌的"味精"；而这次，李安在拍电影时，又专门请出了潘迪华，让女演员们特地赶到香港，跟她学搓麻将，那也为的是更好地营造上海女人的"味道"。潘迪华手上每一只手指的招式，都像婀娜多姿的旗袍女郎那舞动着的细腰，散发出浓浓的上海陈香，而这一切又哪能在短短的几小时中学会呢?! 怪不得"潘姐"说："味道这种东西是训练不出来的，是一个人在一个环境里，一点一点泡出来的。"

此话不假。姿势可以学，味道难以觅。所以，张爱玲才在那段话中特别提到了"白俄"，也就是旧俄贵族。贵族要历经几代才能造就，他们的"味道"，当然绝不可能是肯德基快餐包里的调料所可以替代的；而上海之所以比香港有"味道"，也就是因为有了由"白俄"带来的、与生俱来的贵族文化，以及他们所"转载"的法国文化。高雅文化、精致文化和情调文化，再融合了上海本土有着千百年传统的吴越文化之后，才酿造出"味道好极了"的老上海的海派文化!

"味道好极了!"这是"雀巢咖啡"的广告语，也是描述海派文化的最佳评语。

上海老歌，为何不老，就是因为"味道好极了!"什么味道？租界加上城隍庙，洋的土的全有了! 上海老歌是从城隍庙走向租界，从农耕文明走向城市文化，然后合为一体，演变为一种中西合璧的全新的"混血儿"和世界上独树一帜的海派文化。所以，味道特别丰美，味道特别浓郁，味道特别奇特，味道特别香醇。啊，味道真是好极了!

你听："我望着你，你望着我，千言万语变作沉默……"好一幅情侣漫步的抒情景象！

你听："我走遍漫漫的天涯路，我望断迢遥的云和路，多少的往事堪重诉，你呀，你在何处？"好一首浪漫诗人的潇洒游吟！

你听："夜来香，我为你歌唱，夜来香，我为你思量！"好一派大都会的景象万千！

还有，还有……

"香槟酒满场飞，钗光鬓影晃来回，爵士乐声响，对对满场飞。嗨！……"

"粪车是我们的报晓鸡，多少的声音都跟着它起，前门叫卖菜，后门叫卖米，哭声震天是二房东的小弟弟，双脚乱跳的是三层楼的小东西，只有卖报的呼声，比较有书卷气。"

妙哉妙哉，真是一幅幅生动活泼、妙趣横生的上海市井风俗画呀！

当时那些歌的曲调里也充满了"混血"味。除了一些源自江南民歌的小调歌曲如《天涯歌女》《月圆花好》外，在上海20 世纪三四十年代流行音乐成熟期中所诞生的、表现上海城市文化的标志性歌曲，如《玫瑰玫瑰我爱你》《夜上海》《夜来香》《香格里拉》等，则都是在中国民间音调的基础上，有机地融合了当时舞厅音乐的节奏，如爵士、探戈、伦巴、桑巴等，组合成一种张爱玲所谓的"奇异的智慧"，也就是一种"特别的味道"，一种城市的味道、大都会的味道、上海的味道……

味道好极了！

淳子坐在那里，李黎和我也坐在那里，可我们三个人的眼睛，都离不开李黎手上的那只钻戒，三个人的口中，也都离不

玻璃电台

7

开李安的老上海情调的电影;而上海老歌的"底色",则是为活生生的"饮食男女"和在上海屋檐下日夜穿梭的"小市民"所涂的一层粉红色——女色! 上海的女色,有张爱玲那样的"惊艳""冷艳",上海的"小市民"则"市"而不"小",他们虽然各自拥有自己的小天地、小算盘、小情调和小生活,但却因为毕竟是身为中国第一大都会的移民,当然就必定具有大眼光、大胸怀、大目标和大境界! 有大有小,有雅有俗,有中有西,有高有低,这就是上海"混血儿"所特具的"异色",也是上海老歌所独有的"味道"! 张爱玲自称是"小市民",而上海老歌也就是为这样的"小市民"所谱的市井之声,而且,其中大部分也都是写给女性和为女性所唱的。所以,可谓在上海老歌的"魔戒"上,泛红着一层层都市的"女色",这也正是上海老歌"味道"所在的"秘诀"。

淳子还是坐在那里。节目结束了,她急着拿起了电话打给"潘姐",告诉她我们在节目中都提到了她——在我们眼中,她才是真正的上海女人,而她所说的话、唱的歌,也都是这个城市的声音与味道的纯度最高的反响。潘迪华听了淳子的话后"咯咯"地笑了起来,她用《花样年华》里房东太太的口气大声说道:"哎哟哎哟! 侬格味道真是好极了!"然后停了停,我似乎看到电话另一端的潘迪华,她狡猾地眨了眨细细的凤眼,然后轻轻地说:"现在时髦的讲法是,味道勿要忒好噢?!"

摩登上海

上海是一座"光辉荣耀"的城市。它之所以"光辉荣耀"，不仅因为它曾经是中国的经济中心，更因为它曾经是中国的文化中心，是中国城市文化的摇篮和海派文化的诞生地。它诞生了中国第一部电影、第一所音乐学院、第一个交响乐团和第一个唱片公司。上海是中国现代文化的聚宝盆和集散地，它所承载的海派文化具有"摩登""混血"和"格调"三个特点。

摩登

"摩登"（modern）即现代性。作为这个词语最好的注解就是茅盾在《子夜》中所用的三个字"光、热、能"。

"光"：上海，是一座不夜城。我们可以从上海的音乐名片、陈歌辛作曲的《夜上海》中看到灯红酒绿的"光的上海"。

"热"：上海是一座热气腾腾的城市。当年的上海老歌中有热血青年的"红歌"（如聂耳、星海的抗战歌曲），也有温馨宜人的"黄歌"，特别是在孤岛时期，词作者常用"春""花""梦"来隐喻对美好生活的歌颂与向往。这种"热"不同于虚张声势的张狂，而是一种有温度、有内涵的"小小的圆满"。如陈歌辛所写的"两朵花"——歌曲《蔷薇处处开》和《花样的年华》（注：本文中所举的乐例均出自陈歌辛的作品）。前者表现了张爱玲所说的、给予了战乱中被伤害的心灵以抚慰的"小小的圆满"，而后者则是当"花样的年华"般的幸福家庭蓦地被孤岛的惨雾愁云笼罩时所发出的对可爱祖国的呼唤和对河山光复的期盼。

　　"能"：海派文化，特别是其中的上海老歌，表现了全新的、工业化城市所特有的时代节奏和动力节奏。例如享誉全球的歌曲《玫瑰玫瑰我爱你》，它以轻松明快、奔放昂扬的旋律和动力化的爵士节奏，表现了欣欣向荣、生机盎然的城市风光和"风雨吹不毁并蒂的连理枝"的坚贞情操。

混血

　　上海是一座华洋杂处、五方杂处的城市，它有着丰富多彩的多元文化。在那里，十里洋场的租界文化与老城厢本土文化并存，好莱坞电影与阮玲玉表演艺术并存，"夜上海"与"西湖春"并存。海派文化又是中西交融、中西合璧的"混血文化"，作家程乃珊曾形象地将它比喻为"色拉油文化"——将进口的橄榄油与本地的土鸡蛋相拌，结果既非橄榄油、又非土鸡蛋，而是合二为一的"色拉油"。

"混血文化"最好的注解就是张爱玲。张爱玲集贵族与时尚之大成,一面修研"欣欣向荣、生机盎然的城市风光和红楼梦",一面用英语写作。她自己设计的旗袍正是中西文化交融的结晶。旗袍颈处扣得密实,却又在两侧开叉,那种妖艳和微含的性感尽显其中。它集东方的内敛与西方的开放于一身,颇有一种欲说还休的味道。当时上海的流行歌曲同样也已经成功地将中国风旋律与城市节奏——爵士、探戈、伦巴等舞厅音乐节奏有机地融合成一体。如《玫瑰玫瑰我爱你》采用了爵士乐中的切分节奏,而《初恋女》和《苏州河边》则融入了潇洒的探戈舞步节奏。

格调

上海是一个有情调、有格调的城市。张爱玲曾说,香港的橱窗琳琅满目,但是没有从前的上海有味道,也许是因为那时的白俄比较多的缘故。什么是味道? 味道就是情调和格调。

在外来文化中,除英美的商业文化外,对海派文化影响较大的是法国的情调文化,如当时在上海有霞飞路(纪念法国将军霞飞,现淮海路)、法国公园(现复兴公园)、巴黎电影院、巴黎新邨、马斯南路(纪念法国作曲家马斯南,现思南路)等;而上海老歌大凡也都是由女性演唱的多情、深情、真情的情歌,这些歌曲中所表现出的人性美和对爱的追寻和坚守为这座城市带来了温馨,滋养了这座城市的血脉、肌肉和筋骨。例如《苏州河边》中所表现的优雅情愫:"夜,留下一片寂寞,世上只有我们两个。我望着你,你望着我,千言万语变作沉默。"和《永远的微笑》中所刻画的深情抒怀:"心上的人儿有笑的脸庞,她能在深秋给我春光。心上的人儿有多少宝藏,她能在黑夜给我太阳。"

海派文化是先进的城市文化,它的精华部分是一种高雅精致的、有情调、有格调的市民文化;而上海老歌则可谓是一种艺术的流行歌曲和流行的艺术歌曲。我们应该珍惜、保护这样的文化,使上海更加高雅精致,更加"贵气"盎然!

1959 年春,小提琴协奏曲《梁祝》问世了。这是一首根据在中国流传了 1 600 年以上、家喻户晓的爱情传说"梁祝"的故事作为题材写成的一部小提琴协奏曲,它可以说是我们已经期盼已久的、中国人自己的交响音乐和表现中国人美好理想的中国好声音。而这个声音从它诞生的第一天起,就传遍了全中国。

它,几乎传到了中国所有的角落,包括那个令人闻之发怵的地方——安徽白茅岭劳改农场。白茅岭,这就是我父亲当时被打成"右派"后劳动的地方。而他,就是在白茅岭农场的大喇叭中听到《梁祝》的。他听到了《梁祝》的琴声,也从琴声中听到了儿子的声音,因为,这首作品的作者之一就是我,他的孩子。当时,他是何等地激动,何等地欣慰!可是,当他听到了儿子的声音的同时,却已经不能听到自己的声音了!因为，他自己的声音在这之前就早已经被封杀、被淹没，在被戴上"黄色音乐"的帽子后打入另册了……

他，陈歌辛，曾经创造了那么多、那么多美好的声音，而这些声音又都曾经传遍了中国、传遍了世界。《玫瑰玫瑰我爱你》是中国第一首进入世界流行乐坛的歌曲，《夜上海》是一张最能代表上海的音乐名片，而《恭喜恭喜》则可谓是全世界华人在过年时必唱的真正的同一首歌。还有，《梦中人》《西湖春》《苏州河边》《凤凰于飞》《蔷薇处处开》《永远的微笑》……

陈歌辛

在听不到自己的声音的时候，他却在偶然间听到了儿子的声音，而这对于一个父亲来说，这意味着什么呢？对一个作曲家来说，这更意味着什么呢?!

父亲在激动之余写了封信给母亲,希望她在下次探望时(每年只能探望一次)能带一本出版的《梁祝》的总谱给他,同时,要在谱子上签上我的名。他还有些意见要告诉我……这是一个很小的要求,一个小得不能再小的要求。可是,当时连这么一个小得不能再小的要求都没有能做到。总谱带去了,可我却不敢签名,因为,我们必须"划清界线",哪管他是我的父亲。这是一件多么残忍的事,是一件多么违背良心和有悖于人性的事,可是,在那样的年代,这样的事却是真真实实地发生了……

　　不久后,父亲突然去世了,他默默地走了,带着心中的难言的隐痛和来不及留给家人的嘱咐,永远地离开了人间,离开了这个对他不公正的世界。而我,也就再也听不到他的声音,听不到他的意见了……

　　20年过去了。到了20世纪80年代,中国终于变了。那些被禁锢的声音终于重新开放,而人性的温暖也终于悄悄地回到了人间。

　　1981年,我在美国听到了父亲的声音,听到了弗兰克·莱恩(Frank Laine)用爵士风格演唱《玫瑰玫瑰我爱你》的声音,接着,我又在香港举行了3场"父子仨音乐会",由我小弟弟陈东在交响乐伴奏下演唱了这首歌。30年后,我又一次在美国举行音乐会,这首歌又一次在纽约奏响。当我听到了台下有位103岁的老人带着全家来听音乐会时,我真像是听到了一声响亮的历史回响!接着,我又在香港举行了音乐会,请出了70年前第一个演唱这首歌的、90岁高龄的姚莉阿姨,我对全场观众说:"这是中国第一玫瑰,愿她永远像玫瑰那样绽放！"在她之前，另一位爵士歌手、荷兰的国宝劳拉·费琪，特地在她的专场音乐会的最后，用中文演唱了这首歌，她说："我要将这首歌唱成一首抒缓的情歌，将歌词一个字一个字地送到你们耳中……"从姚莉到弗兰克，从弗兰克到劳拉，他们使我更懂得了一点，这首歌已经不仅仅是上海的声音、中国的声音，而且已经成为世界的声音。

父亲的歌中充满了情，充满了爱，特别是那首写给我妈妈的永恒的情歌《永远的微笑》。当我在台湾遇到罗大佑和蔡琴，当我用钢琴与他们合作演出《永远的微笑》时，我深深地感到，这不仅是一首情歌，而更是一首有着大爱的人性的赞歌。

年初，中央电视台一连播了5集介绍父亲陈歌辛的专题《玫瑰与蝴蝶》。当片头出现主持人赵忠祥轻轻地哼唱《夜上海》的声音时，我真觉得父亲回来了。他，随着他的歌声飘洋过海，到了上海，回到了他自己的家。其实，他从来没有离开过，因为他的歌声一直萦绕在人们心头……

《陈歌辛，我们把他丢掉了50年，现在要一点一点找回来》，这是一张报纸的大标题，也是给我们出的一个大题目。我们要将先贤的声音恭恭敬敬地留下来，认认真真地传下去，因为，它是时代的纪念碑，也是中国的好声音。

玫瑰之恋

你的烛光虽已经燃尽,但传奇将永世下去!

——艾尔顿·约翰

　　作家陈祖芬说:"名叫歌辛的人,就是一生为歌而辛苦!辛苦一生的人也很多,但'歌仙'像仙女撒花撒玫瑰花那样,把歌撒满三四十年代又撒到今天还会撒下去的人,是少而又少的。他终究是天之骄子!"

　　100 年前,陈歌辛诞生于上海。他是从印度流落而来的贵族后裔与江南女子联姻后的一颗硕果,也是百年海派文化的创造者和见证人。在短短的 46 年的人生中,他写下了中国第一首走向世界的流行歌曲《玫瑰玫瑰我爱你》,写下了大上海的"音乐名片"《夜上海》和全世界华人在春节时所唱的同一首歌《恭喜恭喜》。他还写下了《凤凰于飞》

《苏州河边》《永远的微笑》《花样的年华》《初恋女》和《梦中人》等传世名曲,这些歌声并未随风飘逝,而是百年长歌,代代咏唱。

陈歌辛的一生是爱的一生、恋的一生。他在《桃李争春》中唱道:"只要我爱你,不管你爱我不爱。"他一生高歌春天,可等待着他的却是寒冬腊月;他一生描绘爱情与花朵,可回报他的却是妒恨与断枝残叶。但是,他还是在那短短的46个春秋中,一直到离开这个世界之前,为这个世界留下了无尽的爱和恋⋯⋯

玫瑰之恋(姚莉的歌)

《玫瑰玫瑰我爱你》是中国第一首走向世界的流行歌曲。它创作于1940年,是国泰影业公司出品的影片《天涯歌女》的插曲。1951年,美国著名的爵士歌手弗兰克·莱恩将它用英文翻唱并录制成唱片,荣登当年全美流行音乐排行榜的前列。这首歌以后又被英国的"国王合唱团"(The king's Singers)改编为无伴奏合唱,被香港的梅艳芳用粤语来演绎,还被荷兰的爵士女皇劳拉·费琪用中文演唱。真可谓朵朵玫瑰,各争奇艳,朵朵玫瑰,尽吐芬芳呀!

姚莉是这首传世名曲的首唱者。

陈歌辛非常欣赏姚莉这位刚出道的小姑娘,觉得她以情带声的演唱技巧实在是打动人心,于是为她写了一首首歌曲,《春之梦》《等待》《恭喜恭喜》,当然还有那首著名的《苏州河边》。陈歌辛并不知道,这位浪漫的小女孩悄悄地喜欢上了自己⋯⋯

姚莉

《苏州河边》也是陈歌辛的代表作,这首歌因其浪漫的气息被听众誉为"春申小夜曲"和"东方托赛利",流行极为广泛。姚莉和哥哥姚敏一起合唱了这首歌,兄妹俩被冠以"双生花"的美誉。

姚莉在90岁回忆陈歌辛时还哽咽着说:"我真的很难过,心里很难过,忘不了他。到现在我还是觉得没他就没有我今天。这首歌《玫瑰玫瑰我爱你》是真的给了我很多很多的回忆。我也很感激他,没有他,我哪里有姚莉两个字?!"

凤凰之恋(周璇的歌)

白先勇在一篇文章里描写从前的上海滩是家家"月圆花好",户户"凤凰于飞",到处都在播放周璇的歌。

《凤凰于飞》是"歌仙"陈歌辛与"词圣"陈蝶衣合作的第一首歌。陈蝶衣原来是老报人,他在听了陈歌辛创作的《不变的心》后，顿时被它的爱国之情、报国之心所感动，立即从记者改行为词作家，他所写的第一首歌就是《凤凰于飞》。在歌中，他通过"分离不如双栖的好，珍重这花月良宵"的比喻，来引发战火中颠沛流离之联想。

周璇

周璇不仅首唱了《凤凰于飞》和《不变的心》，而且还在电影《长相思》中首唱了《夜上海》和《花样的年华》，用歌声勾画出繁华的都市风光和浓郁的海派风情。之后，她又一换风姿，从都市女性变成了村姑，出色地演绎了陈歌辛与神童吴祖光合作的、充满了浓郁北方民间风味的《莫负青春》和《小小洞房》。这两首歌当时非常流行，连京剧演员言慧珠和评剧演员新凤霞也都争相学着演唱。后来，新凤霞嫁给了吴祖光，《小小洞房》成全了一段美满姻缘。陈歌辛曾讲到吴祖光为《小小洞房》作歌词"春来杨柳千条线，情丝长绕有情郎"中的"绕"字是点睛之笔。他说，宋代大诗人王安石有

句"春风又绿江南岸",一个"绿"字点出主题,吴祖光这个
"绕"字,堪与王荆公的这个"绿"字媲美。陈歌辛说:"祖
光曾用过'攀'字,'系'字……结果定为'绕'字,称得上是一
字千金。"

1950年后,陈歌辛和周璇先后回到上海。他们最后的合
作就是那部没有拍完的电影《和平鸽》。1957年,周璇从精神
病院出院之后,首先想探望的朋友就是赵丹和我父亲。那天她
来我家时,我父亲安慰她说:"你把身体养好,还能唱,你还是金
嗓子嘛!"周璇笑了笑,摇着头说:"不,陈先生,我已经是铜嗓
子了!"不久,周璇就过世了,父亲也随之被打成了"右派"。

孤岛之恋(龚秋霞的歌)

在上海的孤岛时期,父亲写下了《蔷薇处处开》,他用歌
声为孤岛的居民带来一些小小的圆满和小小的温暖。通过对
花的颂扬,通过盼望"挡不住的春风吹进胸怀",来"拂去我们
心的创痛",表达了对春天的向往。

《蔷薇处处开》的首唱者是影坛大姐龚秋霞。周璇在
1944年的一次文化界的座谈会上说:"我以为秋姐(龚秋霞)
唱的这首《蔷薇处处开》最好,直到现在还脍炙人口,差不多
连小孩也会哼几句呢!"

不久前,一位著名的老音乐人、91岁的辛丰年先生去世
了。在他去世前的一天,他的小儿子还给他播放了《蔷薇处处
开》,他就像第一次听到一般,欢喜地赞叹道:"想不到我临死
之前还能听到这么美的音乐。"一位老人弥留之际仍旧怀恋美
好,真是令人唏嘘呀!

龚秋霞

《梦中人》是龚秋霞首唱的另一首歌。每当我低吟轻唱起这首歌时,那交织着追寻与失落、期盼与无望的"我的梦中的人儿呀,你在何处?"的歌声,始终久久地萦绕在我心头,我似乎觉得这是父亲离开人间时的最后一声呼唤;于是,我将原曲续写成一曲抒情花腔女高音的咏叹,强化了最后那问号式的主题,使这首歌曲成为一首写了整整 60 年的父子二重唱——我和父亲在梦中相会,一同唱出我们毕生苦苦追寻的理想和那颗至死不渝的心。

春之恋(白光的歌)

"春"是陈歌辛作品中的第一主题。他写过很多咏春、颂春、盼春的歌曲。《春》,也是影片《恋之火》中的一首插曲,歌曲开宗明义点出:"春,带给我们万紫千红,赶走了大地的残冬。春,带给我们醉人的暖风,吹动了花一般的梦。"白光首唱了这首《春》和另一首《桃李争春》。

白光是第一位用迷人的中音来演唱上海老歌的明星,她的第一部电影就是与已有盛名的陈云裳合演的《桃李争春》。"在这部戏中,白光扮演的是反派歌女的角色,她没有在陈云裳的星光下黯然失色,反而另辟蹊径大受好评。但让她真正一鸣惊人的是她演唱的同名主题曲。白光带有美声气息的女中音极具磁性,让人过耳难忘。白光借这部电影一举成名,而歌曲《桃李争春》随即大为流行。"

白光

我小时候,白光常来我家,20世纪80年代我又在香港见到她。和她的最后一次见面是在马来西亚,她那时正隐居在那里,知道我去后就破例地在公开场合露面,出席了我的演出。白光阿姨告诉我,她很想念陈歌辛,也很想念上海。她还说,希望有一天来上海时能唱一首我为她写的歌。可惜,她还没来上海就走了,永远地走了。在她去世后,她的丈夫为她造了一个由黑白琴键相间而成的墓碑,上面刻着《如果没有你》的歌谱,让人们永远记住她的歌声。

异国之恋(李香兰的歌)

一段段传奇的异国之恋会催生出一首首美丽的歌,一首首美丽的歌会道出一段段难忘的情。

李香兰

《忘忧草》和《海燕》是陈歌辛为李香兰谱写的两首抒情艺术歌曲。《忘忧草》中用古诗词中的比兴的手法借物抒情,吐露心声:"有你在梦里,我的梦便长青。"《海燕》则是一首花腔女高音独唱曲,曲中高唱着"我歌唱,我飞翔,在云中,在海上……"充满了海燕翱翔的自由精神。该曲由李香兰主唱,黄源尹、黄飞然两人伴唱,当时人们称之为"典雅歌曲之质,推流行歌曲之尖"。

《恨不相逢未嫁时》是由陈歌辛作词、姚敏作曲的一首爱情歌曲。曹可凡在香港采访姚莉时,她回忆说:"这首带着丝丝哀怨的《恨不相逢未嫁时》,是她哥哥姚敏和陈歌辛赠予李香兰的礼物。起因是他俩同时恋上了这朵馥郁芬芳的'夜来香',却又未能获得爱的回报,但这并不妨碍两位'情敌'携手,以歌传情,记录下那难忘的'三角恋'。老派文人的襟怀,今人的确无法企及。"

诗人之恋(戴望舒的歌)

诗人戴望舒曾为自己相恋8年的初恋女友写过一首情诗《有赠》,诗的最后写道:"终日我灌浇着蔷薇,却让幽兰枯萎。"让人唏嘘不已!

电影《初恋》是通过一位才华横溢的诗人和两位女性的爱情纠葛而展开的。陈歌辛在为其作曲时,想到了自己文友、与影片的男主人公有同样命运的著名诗人戴望舒不久前因再度失恋而写下的短诗《有赠》,就用此诗谱成了这首电影主题歌。值得一提的是,同样也是诗人的陈歌辛,还在戴望舒的原诗前加上了自己的诗句"我走遍漫漫的天涯路,我望断遥远的云和树,多少的往事堪重数,你呀,你在何处……",谱成了那首带有探戈节奏和抒情潇洒的曲调,表现出一种惆怅而无奈的深情的情歌《初恋女》。

生死恋（妈妈的歌）

《永远的微笑》是"歌仙"陈歌辛送给爱妻金娇丽的一首不朽的情歌,他在曲中歌颂爱妻有着蒙娜丽莎般的永远的微笑,又似乎预感到他的悲剧人生。他绝望地呼唤道:"我不能够给谁夺去仅有的春光,我不能够给谁吹熄胸中的太阳……"但接着还是安慰着妻子说:"心上的人儿,你不要悲伤,愿你的笑容,永远那样。"

曹可凡和袁鸣共同主持的电视专题《共度好时光》,在我母亲金娇丽80大寿时为她特地做了专题节目。节目撰稿人昂扬在事后写道:"节目结束在高潮里。我们为他们设计了一段全家合唱陈歌辛名曲《永远的微笑》,我想这可能也会成为他们全家难忘的一幕……"

金娇丽

老太太的声音虽然有些颤抖,却依然柔美,唱着这首丈夫写给她的歌时,她的眼睛里仿佛又闪动着年轻时的光彩。"心上的人儿有笑的脸庞,她曾在深秋给我春光;心上的人儿有多少宝藏,她能在黑夜里给我太阳。"

如果陈歌辛没有英年早逝,如果这个家庭没有遭遇那么多的风雨,她也许一直都会是在丈夫身后最温柔甜美的妻子。然而当命运把她推向前台,要她扮演起一个家庭主心骨的角色时,她义无反顾,成为一个最优秀的母亲。等到儿女功成名就,她并没有化作春泥,而是把自己也盛开成一朵花,在自己的天空里自由地绽放。这一辈子,她的人生让她知道,自己原来可以这么坚强。

我想这是我所见过的最美丽的老太太。因为她在自己的每一个年龄,每一种身份里,都无可挑剔。

尾声:蝶恋花

小提琴协奏曲《梁祝》诞生于1959年5月,它的另一个名字叫"蝴蝶的爱情"。可是,当蝴蝶翩翩起舞时,陈歌辛的声音却已在中国大陆消失了。

父亲陈歌辛是在白茅岭劳改农场的广播里听到《梁祝》的声音和儿子陈钢的名字的,这无疑让父亲感到一丝欣慰和无比骄傲。他希望我妈妈在下一次探望他时,带去一本《梁祝》的总谱,他有一些意见要告诉我。同时,还希望我在带去的总谱上签上自己的名字。我想,这是父亲对儿子的一个最低的要求吧!

但是,在那个年代,这个最低的要求竟然成为一种奢望。

第二年,母亲把总谱带去了,但我却没敢在上面签名,以致成了我一生中无法弥补的遗憾和心中永远的痛。直到1961年1月25日父亲去世,我始终没有机会听到父亲想要告诉我的话……

父亲与我,虽然只是两个人,但我们内心都充满着对美好事物的追求;父亲与我,虽然生活在不同的年代,却又同样地经历了中国知识分子的苦难的历程。我们唱着同一首歌,做着同一个梦,用"蝴蝶"对话"玫瑰",来谱写我们的音乐传奇。

耳畔猛然响起《音乐传奇》里主持人那浑厚的声音:

"他曾想化作海燕,自由翱翔,高歌猛进。可是,铺天盖地的暴风雨刹那间就将他席卷而去。他想把全部的爱献给世界,他想用音符呼唤春天,可他自己却没能度过命运的寒冬。他虽然一生用了数十个笔名,可他最响亮的笔名一代'歌仙'陈歌辛却永远不会被人们遗忘。走进陈歌辛,也就是走进20世纪三四十年代的上海和至今辉煌的海派文化。走进陈歌辛,也就是走进华人世界永恒的怀旧金曲,走进那美好的流金岁月!……"

海上歌仙

当你跨进茫茫歌海,一朵美丽的"音乐玫瑰"——*Rose,
Rose, I Love You* 顿时就会迎面扑来!是歌坛宿将弗兰克·莱
恩将这支玫瑰插上了美国音乐排行榜榜首。他那磁性的嗓音
配上了弹性的切分节奏,听起来活脱是新奥尔良的爵士歌曲,
也像是支带刺的玫瑰!英国的"国王合唱团"将它翻唱成一
首和谐、纯真的男声六重唱,歌声中散发着"情意重"和"情意
浓"的玫瑰花香。他们还引以为豪地将这首招牌曲的歌名作
为主题词印在唱片专辑的封面上。可是,上海人不是早在60
年前就听过姚莉唱《玫瑰玫瑰我爱你》吗?! 那么,究竟是中
国玫瑰漂洋过海,还是洋玫瑰传进了中国国土,而她的种花人
究竟是谁?

当你走遍天涯海角,在凡是有华人的地方,你都会听到欢
度春节时的阵阵锣鼓和声声鞭炮,而且都会兴高采烈地唱起

同一首歌《恭喜恭喜》。这真是一首奇妙的歌！它竟能在同一个时间里，将不同地方的华人团聚在一起，唱之贺之。那么，它的作者是谁？

当你来到美丽的黄浦江畔，登上东方明珠远眺遐思时，海关的钟将会倒拨60年，袅袅响起周璇的歌声："夜上海，夜上海，你是个不夜城……"《夜上海》是上海的一首标志性歌曲，它惟妙惟肖地勾画出灯红酒绿的都市风光和香醇浓郁的海派情调。只要乐声一起，你的眼前就会出现上海！这歌声又从上海漂洋过海。美国导演格林威、香港导演王家卫都将它作为影片中的音乐画框，点染了昔日的上海色调。那么，这首歌的作者又是谁？

陈歌辛

当第一首圆舞曲在中国这个秧歌大国里陡地旋转而起时，人们立即能从 20 世纪三四十年代的上海音乐星空中嗅到现代城市文化的奇特香味。当时的一首圆舞曲《春天的降临》被誉为中国的《春之声》(施特劳斯曲)。除了这首圆舞曲外，作曲家还写了一系列华尔兹圆舞曲。如为女高音写了《春恋》《迎春风》《何处不相逢》；为花腔女高音写了《海燕》《布谷》；甚至还用慢三步写了《寻梦曲》。旋转的旋律、旋转的节奏、旋转的人、旋转的心，这就是旋转的华尔兹所表现出的现代大都市——旋转的上海！除了华尔兹外，作者还在抒情艺术歌曲《初恋女》中，借探戈舞节奏，表现了游吟诗人伤感的踱步；而在他的另一首名曲《蔷薇处处开》中，则用"狐步"来描写"无处不在的青春"。能将中国民间音调与外国圆舞曲节奏结合得如此巧妙，而最终酿成经典名曲者，此人是谁？

他创造了这么些第一或第一流，可是，当我们拐进上海的历史胡同时，蓦然回首，还会发现另外两个第一：中国的第一部歌舞剧《西施》和第一首前卫歌曲《春花秋月何时了》。后者是 1936 年发表于《音乐教育》上的中国第一首现代派作品。他试图用游离晃动的无调性手法来表现李后主的哀思悲情。由于他过于超前，学院派的刊物便不再敢发表他下一首又不知何去何从的新作了！那么，这个胆大包天的音乐叛逆者又是谁呢？

他不但是一位才华出众的作曲家，同时还是诗人、学者、语言学家、乐队指挥和男中音歌唱家。他一面寓情于乐，一面以词托意。除了自创词曲的《永远的微笑》《梦中人》《海燕》《布谷》等外，还修改了戴望舒的《有赠》，衍化出《初恋女》。

此外,他还为《五月的风》《恨不相逢未嫁时》等歌曲作词,以尽诗性。他在"大光明"开过独唱音乐会,昂首高唱过《伏尔加船夫曲》。他指挥过交响乐队,在为电影配乐时,他与黄贻钧、陈传熙被誉为上海乐坛的"三只秒表"(因为对画面分秒不差)……可是,他并没有进过音乐学院深造,更没有像不少书上介绍的去意大利留过学。他是个特立独行者,完全用自己的双手构筑起自己的音乐殿堂和文化书斋。从小,他就喜欢吹笛子、拉二胡(还用它为自己的歌曲伴奏录音),还能即兴演奏钢琴。之后又随当时旅沪的外国音乐家弗兰克、施洛斯和丢庞等学习作曲与声乐——用他的"选择性学习法",指定老师教授他所需要的课程内容。在格致公学求学时,他竟然能在这所全部用英语教学的学校里连续跳级,而且以后还成为精通数国文字,并参与新文学改革的语言学家。别人说他是天才,他摇摇头说是努力。他像海绵般饥渴地、竭尽全力地吮吸当时特殊的文化空间所提供的丰富养料,酿出自制的音乐美酒。20世纪50年代,他在北京和上海为作曲家们讲授配器时,那本为分析而用的钢琴谱上,密密麻麻地写满了他的注解和笔记,这是关于天才与努力讨论的一个颇有说服力的注解和佐证。

他是一个浪漫的放歌者——因为他的歌声传遍天涯海角;他又是个孤独的游吟诗人——当年,他的祖先就是从印度远渡重洋,流落到中国来的;而他自己,也漂泊四方,浪迹一生。最后,就像一只漂流瓶,漂流到天外云间去了……

他曾想化作海燕,在海上自由翱翔、高歌猛进,可铺天盖地的暴风雨一刹那间就将他从乌云中席卷而去。

他多想把全部的爱献给世界,可不公的世界却想将这个春天的儿子塞进黑洞,永远蜷伏在那个被历史遗忘的角落……

可是,人们没有忘,也不会忘,当然,也不能忘!

他是谁?

他的英文名字是 Svingalin,那是印在他自制的总谱纸右角上的。他的中文名字呢?很多很多,在格致公学求学时叫"馨砚",以后又有了很多笔名,那么,大名呢?

大名就叫歌辛。为什么叫辛,据他自己的说法:"我的歌曲是师法劳动号子与民歌,因此不能数典忘祖,我们必须为辛劳的大众而歌。"

陈蝶衣先生对此也有一段回忆:"有一次,歌辛给我看一张名片,叫歌幸,不是辛苦的辛,是幸福的幸,是印刷所把他的名片印错了。他说,幸就幸吧,幸福总比辛苦好一点。"

他一生的辛酸和他的歌给予世人的幸福,也许就是这两个字:幸和辛的内涵和外延吧!

可是,他有一个也许是最合适的名字,那就是 60 年前爱他的人们赠予他的一个桂冠,那就是——一代"歌仙"陈歌辛!

绝唱

——忆我的父亲陈歌辛

春

周璇由《渔家女》一曲成名,而她的"最后一曲"则是鲜为
人知的《风雨中的摇篮歌》,这是电影《春之消息》中的一首插
曲,词曲同样出自我爸爸陈歌辛之手,后因片长取消而未发
行,就此成为周璇的"绝唱"。她在歌中唱道:"别怕狂风吹,
别怕暴雨打。我的小宝贝,在风雨中长大,睡吧,睡吧……"

对于这首歌,我有着一种特殊的感应。因为,我自己的童
年就是在风雨中的摇篮里度过的。每当这首歌在我心头浮现
时,记忆就会将时光的飞轮抛转到50年前的一个夜晚:

那是1941年,我才6岁。日军在偷袭珍珠港事件后没几
天,就对上海文化界人士进行大搜捕。12月16日深夜,一卡
车持枪的日本宪兵冲进我家。我正睡在中间厢房的一只小床

上,突然被一束手电筒的强光射醒。爸爸在一阵粗重的脚步声中被抓走了。他们以为抓走了一个"共产党"!但,他不是共产党员,他只是一个普通的知识分子,一个年仅 25 岁的青年作曲家。

亚热带的血统,东方旧式家庭的氛围,新文化运动的掀起和十月革命风暴的席卷,造就了一个特殊品格的青年。有时,他身穿一件熨得平整的淡蓝竹布长衫,在女中教音乐;有时则西装革履,风流倜傥地出入于酒吧间和咖啡馆。才华横溢,目空一切,常与一些左翼朋友指点江山。1931 年"九一八"事变后,17 岁的他为"艺华影片公司"写了第一曲电影音乐《自由魂》。接着,又先后为电影《初恋》《儿女英雄传》《歌声泪痕》《王宝钏》《楚霸王》《白雪公主》和《天涯歌女》等作曲。1935年,他又与陈大悲、吴晓邦合作,创作了中国第一部音乐剧《西施》。他与吴晓邦至死不渝的友谊,就是自此开始的。

吴晓邦有着与他同样的胸怀,同样的追求。这位中国现代舞的开山鼻祖,由于仰慕波兰爱国音乐家肖邦,竟将自己的名字改为"晓邦",还把自己比作浮士德。抗日的烽火将这两位艺术家的心紧紧地联结在一起,也将他们的心烧红了!

1939 年,第二次世界大战爆发。孤岛的上海,一片死寂,处处笼罩着"国破山河在,城春草木深"的景象。两位艺术家于无声处呐喊,一连合作了 4 部抗日题材的舞剧《罂粟花》《丑表功》《传递情报者》和《春之消息》。在《罂粟花》中,作曲家巧妙地以象征手法表现孤岛上的对敌斗争。在《丑表功》中,他则运用不协和音调配合面具人物来刻画一个丑官——日本豢养的走狗汪精卫。《传递情报者》是一出热情讴歌在深山密林中传递情报的抗日游击队员的舞剧,而《春之消息》则是一出为 12 岁以下的少儿排演的儿童歌舞,由《冬》《布谷鸟飞来了》和《前进吧,苦难的孩子》组成,后来因禁止上演,在整理改编后用音乐会组曲的形式演出。上面提到的《风雨中的摇篮歌》,就是其中的一首。

在当年的孤岛上,苏联歌曲曾吹来一股清新的春风。早在 1938 年,我爸爸就和杨帆合作,在"新华影业公司"的电影《儿女英雄传》中,译配了《伏尔加船夫曲》和《快乐的风》。他还和姜椿芳一起,译配了《三个拖拉机手》《快乐的人们》《夜莺曲》《假如明天战争》《快跑,我的小黑马》等苏联歌曲;并组织了先后有一二百人参加的"实验音乐社",在敌人的监视下,演出了十几场。记得幼年时,"实音社"的队员常在我家排练,我常乘机跳上凳子指挥他们唱歌。作曲家朱践耳最近告诉我,他当时还是个音乐爱好者和业余合唱队员。有一次他亲眼看到爸爸在影剧院大幕前高唱他自己作词作曲的《度过这冷的冬天》的情景,非常激动,随即登门拜访。爸爸送了他一份手抄的《度过这冷的冬天》的钢琴伴奏谱,而践耳在誊清后珍藏了几十年,最近又亲手送给我留念。作家吴强在世时也告诉我,我爸爸所作的《度过这冷的冬天》和《不准敌人通过》在新四军中很流行,它们鼓舞了许多抗日青年和有志之士走向前方。

他不是共产党员,但他一生追求真理,向往春天。春——是他创作的第一主题! 他写了许多盼春、迎春、颂春的歌,如《春恋》《春风曲》《春风野草》《春光无限好》《春天的降临》《春风的轻语》等,其中最有代表性的就是《春之消息》组曲。

在《布谷》这段中,他先是唱着:"咕咕,咕,苦尽甘来;咕咕,咕咕,不要悲哀;虽然春水上冰封还在,心头积雪已经融开……"继而高歌道:"春天的儿女们风雨中成长,春天的儿女们黑暗中成长,春天的儿女们饥饿中生长,苦难中生长心坚力强。"就在那段《风雨中的摇篮歌》中,他也是呼唤春天:"狂风有时尽,暴雨有时停,燕子回来时,满眼又是春。"

他不是共产党员,他只是春天的孩子……

我爸爸被日本鬼子抓走了。妈妈连夜通知他的好友们转移。我只能陪着妈妈哭,趴在地上磕头求佛,保佑爸爸平安归来——因为我记得爸爸和"地藏王菩萨",妈妈和"观世音菩萨"都是同一天生日,求求菩萨,菩萨总会来救他的。爸爸在宪兵队里被折腾了70天后,他与鲁迅夫人许广平同铐在一起,被转送到敌伪机关76号,从此失去了自由。作为一个20多岁的青年,一个充满幻想而又幻想破灭了的知识分子,他消沉过,动摇过,也违心地写过两首令人抱憾的作品,可是,他的内心最深处,始终在渴望着春的降临,即使是沦陷时期写的电影歌曲,也可在字里行间窥见他那颗盼春的苦心。《蔷薇处处开》是一首优美健康的歌曲,它的"点睛"之句就是:"春天拂去我们心的创痛,蔷薇蔷薇处处开!"这里的"春风"和"蔷薇"的指向是什么,对于稍有想象力的人来说,是不言而喻的;而且,也只有像他那样经历了严冬寒霜摧残的人,才会如此懂得春天的宝贵!

盼呀,盼呀,好不容易盼来了抗战胜利。以为是春天的降临,却依然是一个寒冷的冬天。国民党又把他抓了去,关了7天,"无罪保释"……等待他的是失业和失望,他只能和几位艺坛好友结伴卖唱，苦度昏日。他想不通，为什么他日思夜盼着春天，却屡遭寒冬冰霜的摧残？在《究竟是谁的胜利》中他愤怒地唱道："我们养了贪官污吏，他们学得变本加厉，对我们好像对待奴隶，超过了日本帝国主义。胜利，胜利，好一个胜利，究竟是谁的胜利?!"

1946 年周恩来在上海期间，夏衍委托欧阳山尊的夫人李丽莲来看望我爸爸。我还记得她那两条粗辫子和那一对深陷在瘦黑眼窝中的透亮的大眼睛。她带来了党的温暖，带来了春的消息。她鼓励爸爸到进步文人云集的香港去找夏衍，去找党。爸爸只身飞港，在香港，他找到了春天，过了 4 年春意盎然的生活——他先后为于伶编剧的《无名氏》、夏卫编剧的《遥远的爱》、瞿白音编剧的《水上人家》等进步电影作曲，为周璇写了《夜上海》《莫负青春》《小小洞房》等歌曲；还常与夏公、郭老（郭沫若）、小丁（丁聪）以及吴祖光等在"沙龙"中谈艺，在浅水湾邂逅。在夏衍的回忆录《懒寻旧梦录》的扉页上，还有一张我爸爸与夏衍、何香凝、欧阳予倩、瞿白音等的合影呢！北京一解放，他就与端木蕻良合作了具有河南梆子风格的歌曲《北平来》，描写了"劳动英雄溜溜地忙呀，端午门的槐花溜溜地香啊，胜利的广播溜溜地讲啊"那样的一派解放区好风光；他还在自己作词作曲的《大拜年》中刻画了一幅知识分子心目中的理想王国图："大家过个太平年，吃得饱来穿得暖，来来往往多随便哪，要到哪里就哪里。""谁有歌儿就能唱，谁高兴就能笑，谁有话儿就能讲，要讲多少就多少。"上海解放前夕，他与马凡陀合作了《红旗曲》，与公刘合作了《渡过长江》，而上海一解放，他就动员周璇一同回到日思夜想的故里，投入春的怀抱。

在香港的一个欢庆上海解放的鸡尾酒会上,我爸爸、妈妈被双双请了去,那张请柬,妈妈还一直珍藏着……

陈歌辛夫妇在香港浅水湾

在事隔将近 40 年后的 1985 年,我的小弟弟陈东在香港举行了一场别开生面的独唱音乐会。音乐会上演出了由我整理、配器的 10 首爸爸的代表作,由香港管弦乐团演奏,美国著名指挥家施明汉指挥。香港报界称之为"父子仨音乐会"。音乐会上先后演出了《玫瑰玫瑰我爱你》《蔷薇处处开》《渔家女》《初恋女》《可爱的早晨》《秋的怀念》《永远的微笑》和《恭喜恭喜》等名曲后,最后推出的压轴曲就是《度过这冷的冬天》。因为这是我爸爸在冬天里歌颂春天的代表作;同时,我还在这首歌的中段加进了他的那一首《风雨中的摇篮歌》作为对比,来追溯一下我的风雨中的童年和 6 岁时那个可怕的夜晚。陈东唱得非常出色。当他用浑厚饱满的男中音高唱最后一句"度过这冷的冬天,春天又要到人间,不要有一点猜疑,春天是我们的!"时,像是隆隆春雷,激荡轰鸣着香港的"万人体育馆"!

我的小弟弟从未听过爸爸的歌,可他唱得那么好,也许是因为他怀里揣着妈妈的一封火热的家信:

"亲爱的皮皮(注:陈东的小名):你今天来到了这块留着你父母足迹的土地,高唱着爸爸的歌颂春天和爱情的歌曲,我的心啊,哪能不激动?!你要以对伟大祖国的赤子之心来表达爸爸当年盼望春天来临之情!爸爸虽已不在,但他的灵魂必将欢欣,因为他的孩子们为他盼来了第二个春天!只要你想一想爸爸写的《度过这冷的冬天》当年曾鼓舞了多少青年和有志之士走向前方,走向胜利,你就会再现出彼时彼景;只要你想到过去唱过爸爸歌曲的龚秋霞、姚莉阿姨还在香港,只要你想到金嗓子周璇所唱的爸爸的歌曲传遍世界各地时,你就会唱得更欢。孩子,胜利一定属于你!歌唱吧!用你的——也是你爸爸、你哥哥和我们全家的一片赤子之心!"

花

花是爸爸创作的第二主题。他写了那么多花——玫瑰、蔷薇、白兰花,创作了《花开时节》《花外流莺》《花一般的梦》《花之进行曲》等等。而他的最后一首绝唱,也是一朵花——《梅花开咯》!1956 年,周璇由精神病院出院,她在郑君里夫人黄晨的陪同下来看望爸爸。呆滞的眼、黄肿的脸,周璇一见我爸爸、妈妈就叫:"陈先生,陈师母。"然后慢悠悠地轻语道:"陈先生,我没有把你的《和平鸽》(注:周璇主演的最后一部电影,未竣工即入医院)唱好,感到抱歉。我想请你再写一支歌,我一定把它唱好;如果贺绿汀、黎锦光先生有新作,我也想唱它一唱。"爸爸笑着说:"祝贺金嗓子重展歌喉!"周璇苦笑道:"金嗓子看来不行了吧,就铜嗓子吧!"爸爸答应以后专为她写一首《枯木逢春花又开》,因为,只有新社会才能使周璇病愈新生,同时,又将自己才为电影《情长谊深》所作的主题歌《梅花开咯》在琴上弹给她听,周璇随着琴声轻轻吟唱。哪知,这首歌竟成了周璇和爸爸的最后绝唱——在陡然风旋云转的 1957 年的多事之秋,周璇离开了人间,而爸爸转眼间也成了"右派"。在得知这一宣判后,他痛苦而迷茫地对妈妈说:"我怎么成了'右派'?"……

就是他,1949 年上海一解放就送只有 14 岁的我参军;第二年又丢弃优厚生活,力排各种阻挠,毅然从香港飞回上海。抗美援朝开始,他在上海发起了捐献"一日一颗子弹"的运动,献钢献铁献银器。那时,香港朋友来信,说《玫瑰玫瑰我爱你》在美国的版税,有百万美元可取,他表示要拿全部款项捐造飞机。

就是他,无偿地、不辞辛劳地培育了许多学生;下着雨还蹚着大水,撑着伞到沪西工人俱乐部去辅导工人作曲。我当时还没见过上海有第二个作曲家这样做过……

也就是他,在一言未鸣、一语未发的情况下被戴上"右派"的帽子。数年前贺绿汀在一次会上说:"这顶帽子本是归我戴的,后来陈毅保了我,就由陈歌辛'顶替'了。"

在全市批斗大会后,他预感厄运降临。在等待发落的那些日子中,他度日如年,天天抱着心爱的小儿子,告诉他要做好人,做有出息的人;还一面放《彼得与狼》的音乐,一面讲故事。一天,他带了小儿子到他与我妈妈恋爱时的老家,指给孩子看:"这是你妈妈的家。"——就在那里,他们相爱。妈妈在信上回忆道:"我们是师生恋爱。我对他第一个好印象是,他上课时穿了一件熨得平整的淡蓝竹布长衫,而且已洗刷得发白了,我喜欢上这英俊青年,认为他'穷'就是好。而他的行动也怪癖,新年寄来的贺卡是他自己设计的,一张紫红色的卡上,竟然写了'无法无天'四字,吓得我父亲直叫:'这人是共产党!'我心里则暗暗高兴,我竟然认识了一个'共产党'……"

爸爸带着孩子去那里,似乎是在与往事告别……

第二年,在我小弟弟6岁——就像我6岁那一年一样,他再一次被带走了,像梦游似的被带往安徽白茅岭农场。那一天,妈妈正在上班,没法告别;而他最心爱的小儿子——皮皮又正在睡午觉。他不忍心吵醒孩子,唯有心疼地、伤心地轻吻了他一下,叮咛奶妈说:"皮皮醒了问起我时,就说我下乡劳动去了。"从小看爸爸长大的老保姆淌下了两行铅一般重的眼泪。爸爸走了,默默地走了,凄苦地走了,一去不复返地走了!他留下最后的绝唱也是他的墓志铭:

> 梅花开咯!梅花比百花先开咯!
> 寒风寒风吹得紧,先让梅花报春讯,
> 白雪白雪压得重,反教梅花香更浓。
> 梅花开咯……

祭

1990年的最后一天。除夕之夜。我在灯下含泪读妈妈从美国寄来的长信：

"国外时兴'鬼节'。每逢'鬼节'，美国家家户户都在门口挂了大南瓜，扎了纸人来悼念故人；我国7月也是祭奠亡灵之时。使我心中一直惴惴不安的是，爸爸没有钱，没有住处，四处漂泊流浪。他连坟墓都被人盗了！在美国不能烧纸钱，看着人家过'鬼节'，就感到无限歉意对你父亲。明年1月25日是他的逝世30周年，我想在上海的老家给他烧五只菜，一杯酒，一碗饭供供他；饭后烧些纸钱送他。你爸爸活着时喜欢吃，死前饥肠辘辘，死后可不能一直挨饿呀！有了钱，他就可以随意买点吃的了。望大家给他点香磕头，代我也磕一个……"

信是在俄亥俄州发的。妈妈在皮皮新购的洋房里一连几个夜晚书写着她辛酸的回忆。窗外下着大雪，妈妈的心扉中也席卷着一场大雪——30年前，爸爸就是孤身倒在白茅岭的茫茫大雪之中的。第二年，妈妈捡回遗骨，造坟落葬。

我们应该为爸爸重建坟与碑——一座在美国，一座在中国。

在美国的墓，要建造在弟弟新居的附近，妈妈和弟弟一家可以常去看他。碑上要刻一朵玫瑰——因为，这是春天和爱情的象征；而爸爸生前创作的《玫瑰玫瑰我爱你》是第一首被译成英语而传遍世界的中国抒情歌曲。美国著名歌唱家弗兰克·莱恩当年就因演唱此歌而闻名，一直到现在，他还每年寄圣诞卡到我家。

在中国的坟，按照妈妈的意思，可以安在东山——因为那里风景秀丽，又是弟媳小毛的家乡。我想，应该在碑上画一只鸟,因为鸟儿永远为春天和爱情歌唱;而且,更重要的是,爸爸本来就是只"异国的鸟"。我的曾祖父是印度贵族,他娶了一位中国女子,在中国扎根,繁衍……所以我想起了泰戈尔和他的《飞鸟集》,想起了爸爸——这只从异国飞来的鸟! 可是,这鸟儿永远为中国歌唱,为春天和爱情歌唱;他多么热爱和眷恋这片黄土地,他只需要理解,不需要回报。因为人的需要本来就很少。

　　人的需要很少,需要寻找,也需要找到所寻。
　　人的需要很少,雷声后的安宁。
　　人的需要很少。只要家里有一个人——等我。

　　爸爸,你所寻找的,我们已经找到;你已有了雷声后的安宁。而在家里等你的,并不是一个人——是全世界歌唱春天的儿女们!
　　长歌绵绵,绝唱不绝! 而最好的祭奠,就是你自己创造的,那些永不消失的旋律……

从我呱呱坠地起,第一首学会、也是唱了一辈子的就是母亲教我的歌。那不是一首歌——没有词、没有曲,只是母亲人生苦旅的实录和心路历程的影像。那也是一首歌——它曲调悠扬,节奏铿锵,音色瑰丽,气韵绵长。有时低回轻转,宛如一首抒情的无言歌;有时翻腾变幻,像是一部恢宏的交响乐。这是一首唱不尽的长歌,从祖先到未来,它将世世吟唱,代代相传。它的名字是——妈妈!

妈妈是一首歌 ——一首清丽浓艳的爱情二重唱,一首凄美绝伦、情意连绵的长恨歌。

德国作曲家瓦格纳曾说:"女性是人生的音乐。"当他回忆起他所创造的乐曲"渐渐结实,成果渐渐伟大起来,而能抚慰人心而使之高尚"的时候,他感激地说道:"人们只知感奋欢喜而已。独不知探寻起基础来,这等都是'久远的女性'

所赐。"

"久远的女性"！这是瓦格纳对女性最崇高、深情的称颂。就是她,给了瓦格纳神采飞扬的乐思;也就是她,给了我父亲陈歌辛以无穷无尽的灵感。他——这位天才作曲家、中国 20 世纪 40 年代的"歌仙",在妈妈"久远的"爱的滋哺激发下,谱写了那么多以"春"和"花"为题材的爱情歌曲。妈妈是这些美歌的第一个听众,也是第一个传唱人。那首被记录在乐谱和唱片中的他俩爱情的明证,就是爸爸献给妈妈、由周璇演唱的传世名曲《永远的微笑》:

> 心上的人儿有笑的脸庞,
> 她曾在深秋给我春光。
> 心上的人儿有多少宝藏,
> 她能在黑夜里给我太阳。

这是爸爸为妈妈勾画的一幅音乐素描——爸爸说,妈妈像蒙娜丽莎。她,有圆圆的、蒙娜丽莎式的"笑的脸庞";她,有那望不到底的、蒙娜丽莎式的"心的宝藏"。她是爸爸"深秋的春光"和"黑夜的太阳"……

妈妈,就像她的名字——金娇丽一样,那么姣好,那么美丽。16 岁那年,她就被选为校花,在新新公司楼上的玻璃电台担任播音员,还频频在话剧舞台上演出。她是爸爸的学生——那个比她大 3 岁的老师的学生。

妈妈是上海吴宫饭店大经理的千金小姐,而爸爸则是个风流倜傥、目空一切的穷书生。妈妈是祖先来自阿拉伯的回

妈妈的微笑

族少女,爸爸虽系印度贵族的后裔,后来却送养于佛门信徒的陈家。门第与宗教这两座门槛,冷冷地隔开了他们。可是,倔性子的妈妈勇敢跨越了门第与宗教的门槛,嫁给了她的心上人。从此,他们俩绽开了花一般的梦和火一般的青春……

"……新婚之夜,满室春风,斑斓多彩,鲜艳夺目,真是美丽得令人勾魂。在那里我们做着年轻的、美好的梦,享受着生命、青春和彼此那梦一般温柔的情意。那时,充满了希望和理想。

"……在那华格臬路(现宁海西路)的老屋里,不时传出丝竹声,幽雅动听。忽而,钢琴奏出一首贝多芬的《月光奏鸣曲》,远远飘荡到街头;再不,就听到他用低沉浑厚的男中音歌声唱着《伏尔加船夫曲》。有时,屋里的小乐队演奏着他的新作,或是'实验音乐社'在排练苏联歌曲和救亡歌曲。这小屋里充满了欢乐、朝气和无限的生命……"

他们使这间小屋充满了生命,他们也在小屋里创造了4个小生命。

而爸爸的累累创作硕果,就是他们爱情的明证。1935年,他们结婚的第二年,爸爸就创作了中国第一部音乐剧《西施》,并与中国"现代舞之父"吴晓邦合作创作了《罂粟花》《丑表功》和《春之消息》等抗日歌舞。1938年,爸爸在"中法剧场"任音乐教授之余,还筹办了传播抗日救亡歌曲和苏联音乐的"实验音乐社"。那时,好几十位社员常到家里来排练。爸爸指挥,妈妈端菜倒水,招待客人,好一幅"夫唱妇随祥和图"!

突然间,风云突变。1941年12月16日晚,一队握着冲锋枪的日本宪兵冲进我家,抓走了爸爸——这个在"孤岛"时期公然跳上舞台,在大幕前高唱他自己创作的《度过这冷的冬天》的青年作曲家;而妈妈在第二天就赶紧通知姜椿芳等左翼文人转移,烧毁家中的原版《资本论》和《瞿秋白文集》等进步书籍,还拖着6岁的我到日本宪兵司令部去给爸爸送食物。3个月后,爸爸被保释出狱。出狱的那一天,妈妈还特意用一块红布盖在爸爸头上为他"冲喜"。可是,究竟是喜还是忧呢?爸爸将盼春的苦思与鞭挞现实的隐喻镶嵌在《蔷薇处处开》和《三轮车上的小姐》等抒情、讽刺歌曲中,可是在以后的好多年中,却反被诬为"黄色歌曲"。他在1946年去香港投奔夏衍投奔党,写下了《夜上海》《莫负青春》和《小小洞房》等一批脍炙人口的歌曲,还与妈妈被双双请去出席香港欢庆上海解放的鸡尾酒会,接着双双返回上海,投身祖国建设。可是,到了1957年,爸爸却被莫名其妙地戴上"右派"的帽子,而那个在此厄运中日夜哭泣的,就是曾经与他日夜厮守的妈妈……

再唱一唱那首爸爸写给妈妈的《永远的微笑》吧!那首歌的最后几句,不正是爸爸涌自心底的呼唤吗?!

我不能够给谁夺走仅有的春光,
我不能够让谁吹熄心中的太阳!

也许,爸爸早已有一种失去妈妈——他那"仅有的春光"和"心中的太阳"的预感,而这篇"音乐预言录",竟然也在以后应验了……

"……我好像突然被人从高山的山顶,推落到万丈深渊。阳光不再照临,世界不再有色彩。我原有的梦想、愿望呢?一个个像断了线的风筝,自我手上、自我心中飞走了,消逝了……"

在事隔几十年后,妈妈才能痛苦地强忍住苦泪,忆述当时的情景。

爸爸被发配到安徽白茅岭。妈妈一个人,一个才40岁出头的女人,带着4个孩了,挑起了家庭的千斤重担。她的心格外紧贴着远去的丈夫,用微薄的抄谱收入为他寄药寄食品,用频传的家书,遥递妻子的温暖。在那3年里,妈妈每一个春节都要去探望爸爸。一个女人,孤身在铺盖着漫天大雪的山路上跌跌撞撞,跟着一辆独轮牛车步行80里,为的只是能见一见朝思暮想的亲人。

"……漫天白雪,无声地飘落在山顶。路滑难行,我跌倒又爬起,坚持到达白茅岭。在那寂静无声、黑压压的深夜里,看不见星星和月光,没有空间,没有声息,天与地混为一体。这凄凉的气氛令人觉得,孤立于茫茫无边的大自然中的人,是何等地渺小;生命,又是何等地寂寞与无奈……"

行路难,路难行,相见时难别也难。见到了爸爸又是如何呢?下面是妈妈的一段回忆:

"盼见亲人心切,面对面相见却不相识。他竟然削瘦得只剩下了一个高鼻梁。见此情景,我的泪水直往肚里吞……

"相聚一夜,诉不尽的情。我们没条件像在家里时那样对饮红茶,谈天说地;只能苦中作乐,用刚洗过套鞋的泥水放在小铅桶里煮滚而饮,也就够满足了。茶未喝完,队里的哨子吹响了,让家属们搭乘他们的汽车去赶火车。此时此刻难分难离,但必须走呀!我,一路哭到家……"

在她哭到家的第二年,1961年初的一个冬夜里,我从音乐学院回家。还未跨进家门,就听到一阵撕心裂肺的尖叫与痛哭声,看到妈妈那被无情的噩耗击倒在地的身躯在抽搐翻滚。她正准备带小弟弟去探望爸爸,却被突然告知:爸爸在1月25日因"心力衰竭"而身亡。这一声晴天霹雳,彻底打碎了珍藏在妈妈心底的最后的希望……

"那是个风雨交加、寒风凛冽的冬夜。凄风苦雨拍打着门窗,那惨淡的拍打声,犹如丧钟般地敲着我的心。

"我拖着疲惫的身心下班回家,见到桌上放着一封从安徽白茅岭寄来的信,兴奋至极,希望送来佳音。快快拆看,不料惊悉噩耗!歌辛已于1月25日逝世!一颗明星陨落了!我痛不欲生,欲哭无泪,泪水在心底淌成了血水!他走得这么早！走得这么惨！才壮年 46 岁就早殁了……"

1962 年 10 月，断肠人又一次来到白茅岭。

"秋风扫落叶，满天的黄昏，披着一身褪了色的晚霞，将辉煌的成就和深重的苦难全都锁在那土地里了！目的地到了。见不到亲人倍伤心！为什么我的人不在了？！朋友们陪我找到那没有墓碑的墓地，我扑向坟上哭断肠！呼天不应，叫地不理。我饮尽了人间的杯杯苦酒，背负着生命中无数的愁苦，为的是他能有一天回到故里。可是，他等不及吻一下小儿子便撒手而去！他最后留下的是一盏煤油灯和唯一的一句叮咛——你要保重……"

妈妈带去了一只小小木箱，捡回了爸爸 206 根遗骨，回乡安葬。坟前树了松柏，立了墓碑，却又在"文革"中被盗掘……

之后，在那漫长的、望不到尽头的几十年里，伴随妈妈的只是爸爸留给她的回忆和他的一个影子——那首他献给妈妈的《永远的微笑》和另一首用锡剧音调为秦观的词所谱写的、也是留给妈妈最后的情歌：

两情若是长久时，
又岂在朝朝暮暮……

妈妈噙着思念的苦泪，低声吟唱着这首心曲；妈妈蘸着辛酸的血泪写下了妻子的默祷：

"歌辛啊，让我们在天堂里相见……"

啊！万全之爱无生死！万全之爱无别离！！

……

晚年的妈妈

　　日历从 1961 年一下子翻到了 1994 年。这年春天,上海音乐厅举办了一场别开生面的"陈歌辛、陈钢、陈东父子情音乐会",由我小弟弟、旅美男中音陈东演唱经我整理、配器的爸爸的几首名曲。音乐厅上空回响着《玫瑰玫瑰我爱你》的乐声。今夜蔷薇盛开,今夜玫瑰怒放,今夜,妈妈噙着泪、含着笑在倾听爸爸的声音,那些当年日夜在她耳边哼唱的歌。今夜,妈妈在歌声中与爸爸相会。当观众为陈歌辛夫人、陈钢与陈东的母亲献上一簇簇、一篮篮火红的玫瑰时,妈妈从第一排座位上慢慢地站立起来,慢慢地回过头来举起手,将一个深情的飞吻,连同她全部的爱,慢慢地、慢慢地洒向天上,洒向人间,洒向爸爸,洒向孩子,洒向每一个人,每一颗心……

1992 年 8 月 1 日,李香兰来到了上海。

这位当年"满映"的领衔女明星,红遍中国、日本和东南亚,创造了"七圈半事件"(她在东京举办独唱音乐会时,听众竟然排成一条长龙绕转"日本剧场"七圈半)的女歌手;战后辗转政治舞台,成为参议院议员和外务委员会委员长的女政治家,在阔别上海 47 年后又重新来到了上海。没有风风火火,没有鲜花簇拥,她静悄悄地来;随同她来的,是日本电视台的一个摄制小组。

她来上海是为的什么? 为的是——寻找上海,寻找柳芭,寻找那半颗中国心。

飘香四溢夜来香

8 月 2 日,李香兰来上海的第二天,就找到了大光明电影院。因为,那是夜来香盛开的地方——47年前,以她唱红的名曲《夜来香》为主题的"李香兰女士歌唱会",就是在这里举行的。在"大光明"对面的昔日的跑马厅内,她还举行过露天音乐会,也唱过《夜来香》;难怪那天她还特地到国际饭店楼顶登高远眺呢⋯⋯

在花园饭店2625房——那间李香兰下榻的大套间里,她饱含深情地向我叙述了那时的情景:

"我到了'大光明'。一触摸到那独特的楼梯,一看到台上的红地毯,当年的情景一下子就浮现在眼前⋯⋯

"47年前,1945年的6月,我在'大光明'连续开了6场独唱音乐会。伴奏是上海交响乐团,指挥呢——就是你爸爸陈歌辛和另一位日本作曲家服部良一。那真是一场难忘的音乐会啊!"

1945年李香兰在上海大光明戏院举办个人演唱会

我想起了几年前爸爸的老友、当年上海交响乐团的负责人草刘义夫来上海探望时，特地带来了一张他小心保存的李香兰女士歌唱会的节目单，其中有两档是我父亲的作品——一是《水上》，由《夜》《黎明》《小溪》《湖上》《渔家女》和专为李香兰写的花腔女高音独唱曲《海燕》等几部分组成；二是中国歌曲《恨不相逢未嫁时》《我要你》和《不变的心》。音乐会的压轴节目是《夜来香幻想曲》。

　　《夜来香》可谓是李香兰的青春之歌、惜别之歌和重逢之歌。

　　李香兰是第一个演唱并唱红《夜来香》的歌手。这首歌的作者黎锦光先生告诉我："1944年秋，有一天，我正在唱片厂录制京剧名旦黄桂秋的节目。那天天气非常热，我打开录音间的后门透透空气，外面正好有南风吹来，夹着阵阵花香；远处，还有夜莺在啼叫。我触景生情，涌出了《夜来香》的乐思：'那南风吹来清凉，那夜莺啼声细唱，月下的花儿都入梦，只有那夜来香吐露芬芳。'曲子谱好后，搁置在工作室桌上的稿纸篓中。在将近一个月的时间中，陆陆续续地被好几个歌星看到后就随手拿起来哼哼唱唱，她们哼唱后都觉得音域太宽，不好上口；周璇也看到了，她虽说'蛮好'，可是也没有提出来要唱。有一天，李香兰来录《卖糖歌》，录好后就在我工作室里休息，也顺手翻翻篓子里的作品，当看到《夜来香》后，就坐在椅子上哼唱了好几遍，越哼越响，越唱越喜欢，最后她提出要灌录这首歌的唱片。唱片出版后，非常流行，当时在上海的日本作曲家服部良一提议将这首歌作为主题，改编成一首交响乐伴奏的幻想曲。为了使乐曲更为丰满，其中还糅进了另一首《夜来香》的素材——1935年严工上作曲、胡蝶演唱的电影《夜来香》的主题歌:'卖夜来香,卖夜来香;卖夜来香啊!花儿好,白又香,花香没有好多时光;人怕老,珠怕黄,花儿也怕不久长。爱花的人儿快来买,莫待明朝花不香;买花费不了你多少钱,卖花女也好养爹娘,卖夜来香,卖夜来香!卖夜来香呀!'这首《夜来香幻想曲》在李香兰独唱音乐会上演出时非常成功,是整个音乐会的高潮,也是李香兰歌艺的高潮!"

李香兰本人也非常兴奋地描述那次演出:"……当帷幕升起时,我在幕后拖着长音唱出'夜—来—香'和一段花腔。接着,指挥棒下倾泻出音乐的前奏和'慢伦巴'的节奏,然后,我才出场,观众席里一片欢呼。在唱到胡蝶那首《夜来香》时,我要求乐队用二胡伴奏,以突出它的小调风格——那首《夜来香》是我从小就爱唱的。当我叫卖'谁买夜来香啊'时,观众跑到台上说'我买我买'。音乐会一连开了6场,到最后一场时,周璇、白光、白虹、姚莉都上台献花,我在返场重唱时,将她们的歌全唱了……"

1946年3月,李香兰含泪挥别上海,乘船返归日本。那天,"港口的上空布满了通红的晚霞。在那浓密的晚霞的陪衬下,一幢幢高楼大厦黑乎乎地耸在对岸上。就在这时,收音机响起了上海电台播送的音乐。我的手紧紧地握着甲板的扶手,全身颤抖了起来——那旋律正是我唱的《夜来香》。这该是命运之神眷顾我特意给我演奏了这个'惜别之歌'吧!"夜来香迎来了李香兰,夜来香又送走了李香兰——李香兰像一朵吹落的白兰,随波漂流了……

1981 年,李香兰和胜利唱片公司、日本广播协会联合邀请黎锦光先生访日。在招待会上,李香兰请服部良一伴奏,亲自以一曲《夜来香》喜迎故友;过了几天,日本音乐家协会设鸡尾酒会欢迎黎先生时,要黎锦光率领众多的"夜来香迷",边唱边绕场一圈;同时,李香兰和渡边滨子等三四位明星也在台上高唱《夜来香》。夜来香啊夜来香,你真是一首友谊之歌,重逢之歌!这次李香兰到上海,又特意会见了黎先生,当她搀扶着老人一步步地走出花园饭店时,迎面又送来一阵醉人的花香……

"柳芭救了我!"

8 月 3 日,李香兰来到俄罗斯总领事馆,寻找柳芭。"柳芭是我最珍贵的朋友。我之所以成为歌唱的李香兰,是因为有了柳芭;我之所以成为活着的李香兰,也是因为有了柳芭。柳芭像是神安排在我生活中的护身符,有时像太阳,有时像月亮,她永远伴随着我……"李香兰望着天空,轻柔地、神秘地、深情地诉说着。

1920 年 2 月 12 日,山口淑子出生在沈阳附近的北烟台,不久全家迁往抚顺。10 岁时,她在抚顺小学读三年级,在去沈阳秋游的火车上,她结识了柳芭——一位与她同岁的、住在沈阳的犹太裔俄罗斯少女。那天,柳芭正好坐在她身边。在她眼中,柳芭是个"有几颗俏皮的雀斑的外国洋娃娃";而在柳芭的眼中,淑子则是个"黑头发的东方洋囡囡"。柳芭管淑子叫"唷西柯羌",而淑子则爱称柳芭为"柳芭奇卡"。她们一见倾心,旅行一结束,就彼此用带花的信纸和粉红的信封通信。

那年，小淑子得了浸润型肺结核，病愈出院后，医生建议她做一些有益于呼吸器官的健康疗法。她父亲要淑子随他学日本的"能乐"，通过学唱来增强肺部呼吸；可是淑子怎么也不习惯日本的古典谣唱和"任舞"（"能乐"中不化妆，不带伴奏的简单的舞蹈）。为了摆脱困境，她去找了柳芭。

"柳芭奇卡，我难过，我着急；爸爸要我学'能乐'，我不要，我不要……"

"你可以学古典歌曲嘛。"柳芭想了一下说，"去找波多列索夫夫人！"

波多列索夫夫人是俄国帝国大剧院的著名歌剧演员，也是柳芭家的朋友，小淑子就跟她学习花腔女高音。夫人教得热心，淑子学得认真，声音一天比一天美，身体也一天比一天好。每年秋天，夫人都要在大和旅馆举行独唱音乐会。一天，夫人突然对淑子说："我的独唱音乐会想让你先开场。"于是，13岁的淑子穿了套紫底上画有白鹤的长袖和服上了台，她在唱了第一首日本歌曲《荒山之月》之后，一连唱了舒伯特的《小夜曲》、贝多芬的《我爱你》和格利克的《索尔费格之歌》。

台下有一个听众——"奉天广播电台"的科长东敬三，这家电台是在1932年为伪"满洲国"成立的，他们当时正在为新节目"满洲新歌曲"（将中国民歌、流行歌曲与征集的新歌编排成集）寻找专职歌手，条件是：中国少女，识谱，能说北京话，还得会日语。可是，怎么也找不到具备这些条件的中国歌手。这时，他们发现了淑子。"他们要我上电台唱歌，我不愿意；我说，我唱歌是为了健康而不是做歌手。他们说，这不是上电视,看不到形象,只是听声音;我说,那就用'山口淑子'这个名字唱吧!他们说不行,唱中国歌一定要用中国名字。于是,给我想了很多好听的中国名字,正在左思右想的时候,我若无其事地说:'我有中国名字!李—香—兰!'就这样,我这个日本姑娘山口淑子变成了中国少女李香兰。"李香兰感慨万分地回顾道:"不是吗?没有柳芭,我不会去学唱,也就没有唱歌的李香兰!"

不久,李香兰转到北平翊教女中去读书,临行前,再一次去向柳芭告别,可是,柳芭家那个飘着香甜的面包味的点心铺的大门和窗户都被日本宪兵用板子钉上了。柳芭一家人突然消失了。她站在那儿哭着叫:"柳芭奇卡,柳芭奇卡……"

"那么,你们后来什么时候又见到了呢?"我好奇地问。

"10年后,在'大光明'!"

"……就在1945年6月独唱音乐会的最后一场——我们通常称之为'千秋乐'的那一场,演出非常成功。散场后场内挤满听众,在我走出去的那一刹那,突然有一个声音在喊:'唷西柯羌,唷西柯羌……'天呀!谁在叫我的日本小名呢?我猛地吓了一跳!回头一看,原来是柳芭!'柳芭奇卡,柳芭奇卡,是你呀!'我叫着奔了过去。她抱着我说:'唷西柯羌,原来是你嘛!你怎么变成明星,变成李香兰了?!'她原来不知道她的好友山口淑子就是李香兰,直到看见海报上我的照片,才将信将疑地来了……

"……场子里人太多,不好讲话,柳芭就邀我当夜到她家去聚聚。一到她家,迎面看到的就是一张斯大林像和一面苏联国旗,原来她正在上海的苏联领事馆担任秘书。

"……多么巧啊! 幸亏她看到海报后来找我。不然,那么挤的会场,那么多的听众,每一秒钟我们都可能擦肩而过;可是,我们却奇迹般地重逢了! 这真是神的安排呀!"

突然,李香兰亢奋地朝着我说,"知道吗? 如果没有柳芭,就没有今天的我,没有活着的李香兰,我就可能被——枪毙!!"

"枪毙?!"我大惑不解地问道。

"是的。枪一毙!"她沉重地点了点头。

"战后,日侨被指定集中居住在虹口的收容所里。当时,我和陈云裳、陈燕之、李丽华等几个女明星都被报纸点了名,我的罪名是'身为中国人,却和日本人共同拍摄冒充中国的电影,协助日本的大陆政策,背叛了中国'和'使用中日两国语言,利用朋友关系搞间谍活动'。我从未做过间谍,而且真是日本人,可是没有书面文本证明我的身份。

"一天,经常来看望我的老保姆面无人色地奔了进来,手中拿着一张四开的小报,紧张地说:'不得了啦! 不得了啦! 报上说文化汉奸李香兰,将于 12 月 8 日午后 3 时在上海国际赛马场执行枪决。'

"在我的生死关头,柳芭又出现了!

"在我进了收容所后,柳芭一直没有消息,可是她一直在惦念着我。她的祖国苏联是战胜国而且她又在上海的苏联领事馆工作,有外交特权,可以自由出入收容所。但是她担心对我有不利影响,一直没来看我,而是在暗中查访情况。当她弄清我的问题不是特务嫌疑后,开始办理和我的会面手续:'唁西柯羌,只要证明你确实是日本人,就可以无罪释放。有没有什么能够证明你的国籍或身份的有力文件? 我能帮你做点什么呢?'柳芭知道我是日本人,是山口阿伊和山口文雄的长女山口淑子,也知道李香兰这个名字是李际春先生给起的中国名,但仅有她的证明又有什么用呢? 这时,川喜多先生想出了一个妙主意——移居伪满的日本人为了证明国籍,平时身边总有几份户籍副本,只要将它提交军事法庭,就可能被承认是最有力的证明国籍的证据。

"我把这一切告诉了柳芭。1946 年 2 月上旬,我和柳芭会晤了一个多小时。以后,就再也没见到她了……"

突然,她睁大了眼睛,将身子朝前轻挪一步,继续她的讲述:"奇迹发生了! 一天,门口站岗的士兵带来了一只长方形的木盒,说是有人送来的。打开一看,我不由得叫了起来,原来是我最喜欢的'人形藤娘',这是我父母给我的,我一直放在房间里的柜子上。看着,看着,心中突然闪出一个念头,明白这一定是柳芭带来的! 仔细再看,藤娘的腰带上有一处开了线,解开一看,内侧有一张薄薄的纸片被叠成细长条儿缝在里面,我用颤抖的手打开纸条,那是一张已经有些污迹的日本纸,正是那张能够证明我身份的山口家的户籍副本——它是柳芭到我北京的家中取来的! 这样,我才被宣判无罪释放。柳芭啊柳芭,是她救了我呀!"

"啊,"我长长地吐了口气,"那么,那么柳芭现在在哪儿呢? 您这次找到她了吗?"

她摇摇头说:"我去俄罗斯总领事馆找了,可是杳无音信。"说着说着,她从桌上拿起了一封信,带着一丝希望的微笑说道:"好消息还是有的。前几天东京来信,说是有位见过柳芭的76 岁的女作家说,柳芭已经结婚了,她的一家 1949 年回到乌拉尔……"

"我一定要找到柳芭。"她坚定地点了点头。

又见李香兰

　　偶尔翻阅到一篇《纳凉会记》——那是1944年7月《新中国报》社在上海办的一次纳凉会的报道。李香兰和张爱玲作为"第一流的东亚女明星"和"第一流的中国女作家"是被邀出席的主客。会上，陈文彬先生提及了李香兰的一件轶事："有一天在国际饭店，我和李小姐在一桌吃饭，不知怎样一来，她的皮夹子落到地上。从包里散出许多杂物。我替她拾了起来。发现一面旧的镜子破了。当时我说：'镜子破了，在中国的迷信上讲是不大好的。'她怎样说，'旧的，破的，我对它有感情'……"

　　她，李香兰，就是一位"镜中人"——她从"破镜"中凝望着那反射出的不破的往昔，倾听着感情的涛声。当每次面对着她时，我总觉得她所面对的并不是我，而是她心中的一面镜子——它给予她无尽的回忆，而她，则在滚滚的时光中，轻轻地重诉着那悠悠情思……

1995 年的初秋,我又一次见到了李香兰。

李香兰

9 月的东京,依然是那样的灼热。我是应邀去那里商谈旅日摄影家汪芜生的风景摄影《黄山神韵》的作曲事宜。到那里没几天,主人就在日本著名歌星加藤登纪子的姐姐经营的一家饭店里举行了一个欢迎晚会。说来也巧,那天中午我在宾馆里无意中打开了电视,却正好是细眉凤眼,梳男式短发的加藤在演唱——那是她访问哈尔滨——她的出生地时所录的一个专辑。我第一次听到她的演唱,就被那深沉而富于磁性的歌声所吸引,而当晚又见到了她,并在钢琴上为她即兴伴奏,就更是倍感亲切! 加藤的歌声把我带到了另一个人的歌声中——那就是李香兰的歌声,加藤是我同代人,李香兰是我爸爸的同代人,见到加藤自然会想到李香兰,想到若是李香兰能来出席晚会,能来唱一首爸爸的歌该有多好啊! 可是她没能来,那晚她有事。

过了 3 天,李香兰来电邀我在大仓饭店(AKura)共进晚餐。大仓饭店是东京最有名的饭店,她没请我吃日本菜,而是品尝法国大菜。"日本菜吃不饱。"她说,"有一次我请一个美国代表团吃日本菜,吃完后客人满意地搓搓手说:'很好! 那么,那么现在——现在让我们开始吧……'开始什么? 原来,他们还以为刚才吃的日本菜是点心,不是正餐呢!"说着说着就笑开了——两个深深的酒窝和一对亮丽的大眼睛顿时像四朵鲜花那样怒放! 她依然是那么美丽! 而唯有美丽的人才是不怕照"破了的镜子"的。因此,"旧的,破的,我对它有感情"。她开始对着"镜子"说话……

历史的镜子

她告诉我,过两天她就要去北京——以现代史教授的身份访问北大、北师大,和他们交流现代史教学中的各种问题。她不是"第一流的东亚女明星"吗? 她不是曾经身为日本参议院议员和外务委员会委员长吗? 怎么又成了传授现代史的教育家了呢? 这是历史的驱使,良心的驱使!"这全是事实呀!"李香兰说。她经历了"九一八"事变和卢沟桥事变,目睹了"平顶山惨案"中关东军活活打死一个因给游击队带路而被捕的工人的惨烈情景。她正是日本军国主义侵华战争的历史见证人。就在纪念反法西斯战争和抗日战争胜利 50 周年之际,就在日本某些人矢口否认这段罪恶历史的时候,她在南京——这座万民被害的城市郑重而又沉痛地宣告:日本应该向中国人民谢罪!此举深受世上正义人士之首肯,却在日本本土受到右翼的重重压力。可是,她勇敢地挺身而出,不但通过自传《在中国的日子——李香兰:我的半生》和根据这本自传改编的电视剧《再见,李香兰》、音乐剧《李香兰》揭露日本军国主义侵华战争给中国人民带来的巨大灾难,发出"日中不再战,我们同是黑发黑眼睛"的和平祝愿,而且以教育家的身份,教育日本青少年牢记"这全都是事实呀!"

我笑着对李香兰说:"这次你没有'骑墙'了!"她也笑了。原来1936年时她正好在北京随同学到中南海参加一个为纪念"一二·九"死难同胞举行的默祷会。会上大家纷纷表决心——有的要到南京去找国民政府,有的要去陕北参加红军,还有人表示要留下来战斗到最后一口气。轮到李香兰,她急得气喘吁吁地说:"我……我要站在北京的城墙上!"因为,对于李香兰来说日本是祖国,中国是故国。现在,祖国和故国要开战了,这对于既爱自己祖国,又爱自己故国的李香兰,又能说什么呢?!"我要站在北京的城墙上!"——这是最好的选择!因为,站在城墙上,从外面飞来的是日本炮火,从城内打来的是中国枪弹,不管被哪一方打倒,她都注定要第一个死去……59年过去了,李香兰从历史的明镜中看到过去的步步足迹,她,更坚定地迈向前方……

艺术的镜子

李香兰对《夜来香》情有独钟。是她,当年从百代唱片公司的稿纸篓里发现了这支被丢弃的歌曲;是她,将这支歌唱遍中国、日本和东南亚,成为流行乐坛的一首传世名曲;也是她,几十年来,一直铭记着这首歌的作者——黎锦光。1992年我在上海第一次见李香兰时,她提出要见黎锦光,我陪了黎先生在花园饭店见她。老友会晤完毕后,她小心地搀扶着黎老先生一步步走出饭店。哪知,这就是他们最后一次见面——第二年黎先生就谢世了。这次我们在大仓饭店谈到黎先生时,不禁相对唏嘘。可是,我们都从她的艺术镜子中感到音乐的永久魅力。回到上海后,刚巧又看了那篇《纳凉会记》,它又正好讲一件《夜来香》的轶事——当时有人问:"假如李小姐希望在某一部影片中演出,而又请张小姐(指张爱玲)来执笔写这个剧本,那么李小姐在这个剧本中,希望担任哪一类角色呢?"李香兰说:"就拿音乐片来做个例子吧。在我举行的歌唱会里,曾唱过新的和旧的《夜来香》,当时很受人欢迎。曾经有人要编这样一个剧本:有一个老音乐家,编了一个旧的《夜来香》后,他很骄傲,但同当时的社会合不来,就出走了。过了许多年,他的儿子又编了一个新的《夜来香》。我是预定演那老音乐家儿子的情人,末了我唱这新的《夜来香》,刚巧那流亡的老音乐家也在偷偷地听……我看了剧本后,总仿佛里面缺少点什么似的……"缺少点什么?在座的川喜多说:"她想象中的恋爱故事不是普通的,而是波浪式的;不是浅薄的而是深刻的。"张爱玲接着说:"她不要那种太平凡的、公式化的爱,而要'激情'的。"那么,李香兰是不是有过这么一段不平凡的、激情的爱呢?我不知道。可是,当我坐在她的对面时,却似乎窥见她正面对着一面心中的爱情的镜子——镜子中显现了一个人,那不是别人,正是我的爸爸、作曲家陈歌辛。

爱情的镜子

李香兰的名字,一直沉浮于我脑海中。小时候,家里抽屉里有一张她睁着大大眼睛、露出深深酒窝的题赠给爸爸的照片……

过了40多年,一次李香兰托前驻日大使宋之光和夫人李清带给我她那本才出版不久的自传:《在中国的日子——李香兰:我的半生》。她那秀丽挺拔、功底深厚的中文毛笔题字令我惊讶,但同样令我惊讶的是,书中几乎只字未提及我爸爸……

之后,当草刈义夫先生和日本电视台访问上海时,李香兰还特地托电视台到我家录像,并将我的录音讲话带给她。她告诉电视台的记者,当年她差一点嫁给我爸爸。当我问"那为什么在她的传记中不着一笔?"时,记者笑着说:"李香兰说,最重要的事是不能写在书上的……"

那么,他们之间是不是有过一段不写在书上的恋情呢?

1992年李香兰来上海时,我们第一次见了面,她急切地询问爸爸在世时的情况,追忆他们47年前浓浓的深情。临别时我按捺不住在电话中问她:"能不能告诉我一点当年和爸爸在一起时的情形?"她停顿了一下,哽咽着轻轻地说:"我和你爸爸很好啊……"

这次在东京见面时,她又笑着说:"你爸爸是个美男子,要不是因为有了你妈妈和你们,我就嫁给他了……"她一首一首地回忆着爸爸为她写的歌:《海燕》,那首矫健开朗的花腔女高音独唱曲,是专为俄国帝国大剧院的著名歌剧演员波多列索夫夫人的女弟子李香兰写的;而《忘忧草》,她似乎有些忘了,她随着我的低哼轻轻地跟唱:"爱人哟,天上疏星零落,有你在身边,我便不知道寂寞。爱人哟,世界已经入梦,有你在身边,我就不觉得空虚。我在泥中默念你的名字,忘去这烦忧的日子。爱人哟,虽然那似水流年无情,有你在梦里我的叶便长青。"

　　我想,这也许就是她的一段不平凡的、有激情的"上海之恋"……

又见李香兰

沉 香 屑

（淳子）

小红楼的碎片记忆

—— 当年歌星们的梦工厂

20世纪30年代的上海已是一个繁忙的国际大都会——世界第五大城市，号称"东方巴黎"，一个国际传奇，一个与传统中国其他地区截然不同的充满现代魅力的世界。在西方，关于上海的论述已经很多了，而大量的"通俗文学"又向她的传奇形象馈赠了神秘不朽的遗产。

在这个摩登的都市里，留声机是一个新鲜玩意。为了打开留声机及唱片的中国市场，百代公司在上海设立录音棚，邀请名伶和戏班子进棚录音，将声波灌制成蜡模后，再送到国外工厂印制成唱片，返回中国销售。民间拥有留声机量的上升又刺激了唱片制造业的发展。1921年起，上海百代公司的唱片，均是在衡山路的小红楼里录制的。

20世纪三四十年代，要在上海闯出名堂不容易，要在百代录制唱片更不容易。除了歌艺超群，还须有独特气质。当

衡山路 811 号，东方百代唱片公司旧址

时红歌星如白虹、姚莉、周璇、李香兰、白光、吴莺音、张露，个个都拥有自己专属的招牌气质。

形象"烟视媚行，冶荡挑逗"的白光，音域广阔，她的《卖汤丸》至今仍受大家喜爱，和严华合唱的《人海飘航》是早期著名的探戈歌曲，《郎如春日风》更是代表作。后来看到一本写白光的书，作者对她晚年生活有忠实详细的交代。原来她是一个用情极深极专的人，她当年的"冶荡"，只是循众要求的包装而已。

白虹除了歌唱还拍电影，1934 年的"歌后"选举，还赢了周璇 200 多票，当上"歌后"，凭此业绩在百代录了唱片《夜半行》。

都说这个小红楼隐匿了无数妩媚的灵魂。

（一）

中国唱片公司上海分公司退休干部高承楣回忆说，1952

左起：白虹、姚莉、周璇、李香兰、白光、祁正音

年 1 月 20 日，他接到命令，与其他两位同志去接收百代唱片公司。那一年，他刚从军政大学毕业，在军事委员会做宣传干事。

百代唱片公司的正门在肇嘉浜路上，里面有好几栋小洋楼。录音棚设在小红楼内，低楼是录音间和会客室，2 楼住着英国人梅林大班。

军管时期，门口有解放军战士把守。

1948 年底，百代唱片公司的人员，一部分去了香港，一部分去了新加坡，留下 30 多人看守。

留守的录音师是一位白俄，叫费德洛夫，他住在小红楼的裙楼里。高承榴对他说："我们来接管了，你可以走了。"费德洛夫显得很不高兴，临走的时候用脚去踢他曾经睡过的那张铁床。

高承榴警告他："你不可以踢的，这张床已经属于公家财产了。"

后来听说费德洛夫去了新加坡。

百代唱片公司的厂长是法国人默赛。

接管以后,高承楣一个人住在小红楼里。因为花园太大,树木太多,又多年没有人打理,藤蔓缠绕给人一种《聊斋》狐仙出没的感觉。高承楣害怕,每次去小红楼,都是从肇嘉浜路沿着围墙外面绕到衡山路上。当时衡山路上行驶 2 路有轨电车。

不久,高承楣听老职工说,每天晚上看见梅林大班穿着白色的衣服,在园子里面游荡,又说,他经常去小红楼的客厅弹钢琴。

高承楣是无神论者,不信。

一天晚上,他已经睡去,迷迷糊糊当中,果真听到钢琴声。这下真的害怕了,以为是梅林大班回来了。第二天,立即将此事汇报军管会,军管会派了解放军守在小红楼的门口。到了半夜,守在门口的战士也听到了钢琴声,一时草木皆兵。握紧手中枪,屏息搜寻,却原来琴声是从对面的洋房里传出来的,这才解禁。

1953 年 1 月,合并以后的百代唱片公司归中央广播事业局管理。同年 6 月 1 日,作为新中国的第一张唱片《新疆好》在此录制。

(二)

1985 年时,著名作曲家黎锦光已经 70 多岁了,高挑、白净,一副金丝边眼镜,身子单薄,如一片叶子,衣服总是灰蓝的,却收拾得一尘不染。有人与他说话,他必是局促不安,声音细薄得好比青衣的小嗓子。白虹与他离婚,去了北京,黎锦光留下来,据说与保姆日久生情,结婚生子。

小红楼前有一棵玉兰树,风姿绰约。黎锦光先生每天来,在玉兰树下经过,薄薄的身子,如柳枝划过水面。

黎锦光

笔者知道他是《夜来香》的作者,崇拜得很。他却敷衍道:"过去的事情了,没什么好说的。"

听说黎锦光写了《夜来香》,拿了给歌星们唱。歌星们哼了几句后都觉得音域太高,上不了口。想来这首歌是派不上用处了,他便把谱子搓揉成一个纸团,仍进了字纸篓。也巧,那天李香兰来录音,见字纸篓里有曲谱,捡起来随便一唱,竟然是好得不得了。李香兰那时正是一颗耀眼的明星,公司里的人见李香兰喜欢,即刻请人配器录唱,成就了一曲传世之作。

20 世纪 80 年代,百代的客厅还在,钢琴、壁炉、绛紫色丝绒落地窗帘,全是以前留下来的东西。笔者不会弹琴,却有事没事地去那里,抚弄一番。也是因为喜欢,以客厅做背景,从剧院里借来了服装,把人物安放在钢琴前,拍下来,做封面。现在,这张照片成了珍贵的历史记忆。

　　客厅边,一扇小门,通向厨房。黎锦光等一批老人发落在那里上班。名义是整理资料,其实只是混口饭吃了。厨房墙壁贴的全是马赛克,冬天冷得不行,那些老人倒也不怕,穿了厚实的棉衣,双手插在袖笼里。也有禁不住的,在怀里揣一个热水袋。其中有一位名吴震者,曾是百代唱片公司公私合营时的私方首席代表,中西贯通,住在淮海路上。家里殷实,送他去读铁路,希望实业救国。偏偏吴震喜爱音乐,读铁路的时候就是京剧票友。大学毕业,求职到了百代唱片。私底下人称其"万宝全书"。虽然历经政治运动,依旧天真。领导摆个样子,说要听听前辈的意见,他就当真了,立在百代客厅的中间,口若悬河,绘声绘色,直叫一旁的人替他捏一把冷汗。他却不领情,道:"伸头一刀,缩头还是一刀,不如畅快一点。"

　　那时,已经有人来约他写有关唱片的故事。他拿到稿费,去一家叫"新利查"的西菜馆,点上一份奶油葡古鸡,一杯廉价的红酒,一副及时行乐的做派。

　　还有一位胖老头,邋里邋遢的样子,一根链子,吊了一大串的钥匙,守着一个仓库,一日三餐,只要有肉,便朗声大笑,笑声里有帕瓦罗蒂的音色。一日,食堂里,笔者忍不住道:"你的音色真好。"他道:"是吗?"接着给出一个漂亮的高音。后来与他熟了,话也多了。他年轻的时候,留学德国,学习电器,回国后,在唱片公司掌控录音器材。他腰间的那些钥匙,锁着的,便是百代唱片公司留在上海的唱片母版。他对我说这些话时,嗓门压得很低,生怕别人听了去似的。

(三)

20 世纪 80 年代,李丽华来唱片公司访旧,迟暮之年,依然美丽得让人心动。李丽华的丈夫严俊与严华是叔侄,论辈分,李丽华自然要喊严华"叔叔"的。

李丽华

李丽华的声音薄、甜,有戏曲的味道,她唱"树上小鸟啼",嘴不自觉地撮成一个圆,柳眉轻盈地翻飞去了鬓角。

百代时期的英俊小生严华陪在一边,老是老了,风度还是在的。有板有眼地站在李丽华的身旁配唱,一样的眉目传情。

严华是周璇的第一任丈夫。

歌坛前辈姚莉说:"严华生得高大、白净,文化很高,有桃花相。他们两个是不般配的。"

严华与周璇离婚后,逐渐隐退歌坛,做起了生产唱片的公司。

做了老板,也还是斯文,劳资关系十分融洽。办公桌上一直摆着糖果,但凡有人进来,先请吃糖再谈事儿。

当时有一位工人的儿子患了骨结核,需要 200 元钱。这在当时是一个很大的数字,严华没有一点犹豫地就把钱拿了出来。

严华

公私合营后,严华在上海唱片公司车间里做工人。后又改做账房。几十年了，还是干干净净，一条丝巾扎在领带的位置上，永远的文艺腔。"文革"中也没有吃到太多的苦头。倒是黎锦光，每天被迫去扫地。

那天录音棚里，毕竟是多日不唱的缘故，忽然一口痰上来。严华道："不好了，成'痰派'了。"

李丽华还如当年的小女孩，拿了一颗薄荷糖放到严华的嘴边。严华口里衔了糖，用手帕点一点嘴唇，生怕沾了痕迹。无意间露出一些当年文雅自恋的骨子。

录音结束，一起去衡山宾馆吃饭。

李丽华说，在外面，总是想起上海的。

在陈年往事里，李丽华对张爱玲十分仰慕。1952年，张爱玲从上海去了香港。李丽华希望张爱玲为她做编剧。张爱玲生性孤傲，不愿见生客，再三游说，终于约定了见面的日子。那天下雨，李丽华刻意装扮了自己，早早地来到了约会的宋家。张爱玲姗姗来迟。也许在那个时候，张爱玲已经养成了白天睡觉的习惯。张爱玲小坐片刻，推说有事，蝉翼般轻盈告退，连事先预备的茶点也没有享用。

那一年，百代唱片公司也到了香港，重新找回陈蝶衣、姚敏等一班人写歌。可惜香港市民只懂得粤语，曾经在东南亚流行得不得了的"时代曲"只能在逼仄的空间里挣扎了。

中国流行歌曲开山人

——黎锦晖

那天下着霏微细雨,沾衣欲湿,细若游丝,我没有打伞,却仿佛是撑一支兰桨破开绿色的荷塘,有种素手去采莲的欢喜。就那样湿漉漉地走进了四明别墅。之前并没有细看过黎锦晖的资料和照片,可是进了弄堂,我就那样自然地走向了他住过的那栋房子——探出半个身子收衣服的是他的夫人,他坐一辆三轮车,弄堂口下来,深一脚、浅一脚地走进来,妻子早在窗前看见了他,匆匆去厨房为他烧水下面。他在门前收起伞的一瞬间,我唤了他一声。是的,我应该唤他黎先生的。

我怔怔地立在弄堂中央,柳梦梅一般,安排着这样的桥段,反反复复,反反复复。

身后一个冰冷的声音:"侬在这里做啥?"

我一个哆嗦,以为"文革"重现。

一位里弄女干部威严地站在面前。

黎锦晖

我忙不迭拿出记者证,道:"准备拍黎锦晖先生,所以到这里来寻找踪迹。"

女干部道:"介绍信!"

我道:"没有呀!"

"没有介绍信?出去出去!不可以随便拍的!"

我扫兴地退出弄堂,站在街边。

一会儿,弄堂里走出一位女子,悄然道:"我是黎先生的邻居。我学过钢琴。"

路灯下,她淡淡地笑着,用她的伞为我遮雨。

黎锦晖自幼学习古琴和弹拨乐器。青年时代醉心于新音乐运动,创作了大量儿童歌剧、歌舞及歌曲。这些作品,不仅在大陆风靡一时,而且波及香港及南洋各地。《麻雀与小孩》

《葡萄仙子》《神仙妹妹》《可怜的秋香》《月明之夜》等歌曲流传极广。这个时期的作品大多以保护儿童创造才能、反对封建教育为主题,文字通俗易懂,音乐语言简练、生动、明快,继承和发展了沈心工及李叔同所倡导的学堂乐歌的传统。同时,他又是运用民间音乐素材的能手,在这些儿童歌曲里,民歌、小调、曲牌等均成为创作的素材。在歌曲创作民族化方面,黎锦晖无疑是一位先行者。

继儿童歌舞剧之后,黎锦晖转入了流行音乐的创作,登上了中国流行歌曲无与伦比的舞台,日后各大唱片公司莫不以邀约黎锦晖作曲为最高目标。1927 年,黎锦晖创作的《毛毛雨》揭开了近代中国流行音乐的序幕,被称为时代第一曲。

《毛毛雨》,上海百代唱片

1927 年 2 月,黎锦晖以创作歌舞剧所得的版税 3 000 元作为基金,创办了我国第一所专门培养歌舞人才的中华歌舞专修学校，以个人力量维持整个团体几十名演员的生活与艺术训练。

黎锦晖聘请当时在歌舞上有造诣的中外师资，开设乐理、器乐、时事、外语等启发式的系统教育课程。为了宣传黎派歌舞成果，解决学校资金短缺的问题，黎锦晖组建中华歌舞团进行巡回商演。从1928年至1929年，他们先后到达新加坡、马来西亚及南洋群岛各城市公演，所到之处，盛况空前。结束南洋巡演回国后，中华歌舞团因部分团员另有打算而解散。

中华歌舞团解散后，黎锦晖于1930年组建了明月歌舞团，挥师北平，开始了继南洋巡演以后又一次国内最具影响的巡演，为期数月，后被上海联华影业公司吸收改组，成立联华歌舞班。

中华歌舞专修学校以及中华歌舞团、明月歌舞团，不仅培养出像王人美、黎莉莉、薛玲仙、胡茄这样的"四大天王"，还孕育了两位对中国音乐界产生重大影响的人：金嗓子周璇和《国歌》之父聂耳。

黎锦晖一生有过3次婚姻。第一任妻子徐珊珂，出身于湘潭的富豪之家，生一女，即黎明晖。第二任妻子徐来，有"东方标准美人"之称。我小的时候，各大特级影院的大厅里，都悬挂着徐来的巨幅照片。

黎锦晖和徐来相识，是在中华歌舞团到南洋巡回演出时。他们俩在海边观景，黎锦晖想起故乡的桃花江，那里桃花盛开，江水清澈，人心纯良，加之身旁的美女徐来的曼妙，黎锦晖灵光乍现，一曲《桃花江》就这么写就了，一个美人儿就这么追到了！

1929年冬，他们回到上海，举行了婚礼。

1935 年,《船家女》拍摄结束后,徐来息影,并正式提出离婚。一段郎才女貌的婚姻宣告结束。

徐来的第二任丈夫唐生明,是黎锦晖弟弟黎锦光的同学。20 世纪 40 年代末,徐来随丈夫移居香港。1956 年在北京定居。"文革"中夫妇俩皆被捕入狱,1973 年春徐来病死狱中。

徐来离开后,北京女子梁慧芳来到黎锦晖的身边。1936 年,他们正式结婚。

1950 年,千金散尽不复还的黎锦晖,拖家带口搬进了愚园路上的四明别墅,住在女儿黎明晖楼下的亭子间,夫人及子女 6 人则住在阳台间。据作家张伟群说,此时的黎锦晖为生存计,60 多岁的人,通宵达旦地工作,写稿达到了超量的程度,压力之下,烟瘾更加地凶猛,别的都能省,唯烟不能,还是"蓝牡丹""上海"等好牌子的卷烟。

黎锦晖的孩子们最幸福的时刻,是听到楼下邮递员喊:"黎锦晖敲图章!"那是稿费来了。那时,20 元稿费可以是一个月的小菜钱了。

四明别墅是弄堂里的别墅,夏夜里,夹竹桃垂落在院子的矮墙上,有一种小女子的情态。周璇与严华订婚后,曾住在街对面的愚谷邨。

1966 年,"文革"甫起,黎锦晖已经知道害怕了。

年底,有人来抄家,黎锦晖战战兢兢,孩子们躲在房间的角落里,黎夫人很镇静,敷衍着抄家者。

1967 年 2 月 11 日,黎锦晖吐血不止,黎夫人叫来救护车,愚园路修路,坑坑洼洼,一路颠簸,进得医院,已是病危,15 日,撒手去了彼岸。

枕流公寓里的吊灯

——周璇

　　枕流公寓，英文名字 BROOKSIDE，溪岸的意思。到了中文，翻译成"枕流"，取枕着流水入眠的意境，文雅熨帖，又比如古琴，且远且深且秀丽。

　　英国式的房子，英国式的小电梯。因为伦敦是雾都，没有考虑到阳光，窗户做得小，加了百叶窗，阳台又凹在里面，壁炉是有的，却是虚搁在那边，成了摆设。暮秋的天气里，走廊上，已然冬天一般，阴阴的冷风，恨没有揣了裘皮子来抵挡。

　　据李鸿章的亲戚回忆，枕流公寓和丁香花园是一起购得的。

　　李鸿章的小儿子李经迈系姨太太所生，幼年羸弱。李鸿章对人讲："这孩子长得这么小，将来恐难自立，这些房产归其使用吧。我的孩子笨，收房租还是会收的吧！"

枕流公寓内部

李鸿章的后代都是吃祖上遗产的。比如张爱玲的父亲
亦是靠了房租过着奢侈的生活。女孩子是要嫁出去的,所
以不给房子不给地,只拣了宫廷里值钱的东西,一箱一箱地
由着性子去拿。张爱玲的母亲如此,盛宣怀家的女子亦
如此。

当年张爱玲病了一般地爱上胡兰成,踩着绣花鞋去枕流
公寓对面的美丽园。美丽园里,住着胡兰成的妻子全慧文和
子女,还有非妾非友、身份难以厘清的舞女英娣。这种光景,
久坐自然诸般不便。恰边上一个俱乐部,除游泳池、网球场
外,亦有咖啡厅。每次张爱玲去胡兰成那里,定规拣了咖啡厅
靠窗的位置。因面对着自家的产业,锦心绣口之间,亦讲如何
在小说《孽海花》里寻找前辈李鸿章与张佩纶的桥段。

20 世纪 30 年代,枕流公寓当属上海一流住宅。

小说《上海早晨》的作者周而复亦是这里的居民。去北京任职，住在四合院，却道还是枕流公寓舒适；不愿陌生人进入自己的私人空间，竟请求老友柯灵住过来。因柯灵的夫人不甚喜欢太大的房子，权且作罢。

读大学的时候，偏爱文艺理论。专业书的作者是以群。课讲完的那一天，老师说，以群先生是从枕流公寓跳下去死了的。

华东师范大学有书生，读的是文学，亦住枕流公寓。一天晚上，朋友去他家聊天。他忽然想起说："活着，很没有生趣的。"

断电了，他点起一支白蜡。蜡烛烧到一半的时候，已经是夜半。朋友起身告辞。大约是凌晨吧，书生从四楼的窗子跳下去，落在车棚上。扫路工发现他的时候，衣服上还留着清晨的露水。

朋友接到消息，扼腕良久，悔到肠青，觉得应该陪他到天亮的。只是人已经去了，说什么都是晚了的。

去过那里的人都说，枕流公寓如果能多一点阳光就好了。

枕流公寓里住过许多名流。老上海的"金嗓子"周璇，房子住得高级，生活还是简朴的。电车票，有4分钱和5分钱之分。为了省钱，周璇总买4分钱的车票，剩下的路，徒步而行。一双高跟鞋，柏油路上一径地过去，居然不晓得辛苦。

她被冠以"金嗓子"，但她知道自己嗓子基础并不好，声音太薄，担心自己以后的前途。著名话剧演员乔奇也住枕流公寓。一日路上遇见周璇，周璇把乔奇拉在一边，低声道："我有高音了。你听！"说着，就炫了一串很有模样的胸式发音。

周璇

原来，私底下，她偷偷学艺。周璇在枕流公寓里发病，神情迷乱，送进医院，再也没有回来。可怜梳妆台上的胭脂香水亦来不及拿去。

1951年10月20日星期六，周璇在日记中如此道来：

"好几天没有记日记了，事情想起来真是太使人害怕，不写了吧！没有什么可写的。总之做错了事是一样的倒霉，可是太冤枉了呀，总有一天要水落石出，等着吧！"

这是周璇病中的最后一篇日记。

她死了，撒手了。可怜的是她的两个孩子。日后，她的一个孩子与黄宗英打遗产官司，让人唏嘘。

丧事过后，周璇的物件逐渐被清理与归置，只留得两盏吊灯。一盏圆球，一盏玉兰花瓣，磨砂玻璃，黄铜链索，吊在天花板上,有一种深深的寂寞留在那里。

　　1959 年,周先生一家搬进来。知道是周璇的故居,一直珍惜,不敢挪动分毫。

　　陈歌辛说:"璇子很聪明,心肠也好,她开始踏上影坛,是以娇小的身材与甜润的歌声使人感到'我见犹怜'的。周璇的音色甜润自然,有江南水乡的韵味,又有天真烂漫的情趣……"

　　龙应台说:"周璇的歌声是天上的音籁,而不是人间的声音。"

周璇主演《凤凰于飞》剧照

　　虽然在周璇之前上海已有了歌星,但到了周璇那会儿,有了麦克风,可以把嘴紧紧地靠近话筒演唱,唱歌也就跟说话似的自然、真切。著名电影演员舒适认为,是周璇第一个把会话式的自然发声方法搬上舞台,中国的流行歌曲唱法,应该算从周璇开始的。这种唱法后来被台湾歌星邓丽君发扬光大。

周璇演唱的《龙华的桃花》灌制唱片,在电台播放,风靡一时,是她演唱生涯的一个代表作。作家白先勇曾经回忆:"那时上海滩上到处都在播放周璇的歌,家家《月圆花好》,户户《凤凰于飞》,小时候听的歌,有些歌词永远不会忘记:'上海没有花/大家到龙华/龙华的桃花回不了家……'"

受周璇这首歌的影响,白先勇一直以为龙华盛产桃花。重游上海时特别去龙华访桃花却是遍寻不着了。相隔半个多世纪,内心里依然荡漾着周璇当年的旋律、当年的情调。但时过境迁、人事皆非,白先勇当在心里大哭一场了。

王家卫说:"我创作《花样年华》的全部灵感,来自于三四十年代的上海,来自于周璇主演的《长相思》里面的主题曲《花样的年华》……"

周璇自己没有"花样的年华",她把自己做成了一个悲剧,悲剧里没有罗曼蒂克。

她是一部真正的悲剧。

她死了。

她的死被无数次地搬上舞台、荧屏。

她的生命意愿很小,只是为了一点爱,一点虚荣。

她自杀的前夜,问过两个问题:

一、我的国语说得怎么样?

二、我是一个好人吗?

阮玲玉是中国电影默片时代最好的演员,当有声电影出

阮玲玉

现后,她面临着巨大的考验,那就是能否渡过语音关。一些美丽的女演员因为开不了口,终止了演艺事业,永久地告别了银幕。于是,北地胭脂一时抢手。

邵氏机构的女一号陈玉梅特地请来北方演员艾霞教她国语,还请北方女作家赵青阁为其解读剧本。大牌如阮玲玉,自然也在惴惴不安中努力学习。

银嗓子姚莉,也是殷勤的,跟在北京人白虹的后面,姐姐长姐姐短的,跟着学说国语。

有一个悬念:阮玲玉开口,会是什么样子?

其实,在中国流行歌曲的历史上,阮玲玉是留下过声音的。

……

《野草闲花》,阮玲玉唱出中国电影第一声。

《野草闲花》,1930年拍摄。导演孙瑜写作了片中主题曲《寻兄词》,由影片主演阮玲玉和金焰合唱。事先在唱片公司灌录成蜡盘唱片,放映时,配合画面现场播放。可惜,她的声音没有持续下去。

1935年3月7日傍晚,路灯透过法国梧桐树交错的枝桠,把昏黄的灯光洒在上海法租界的路面上。当时中国三大电影公司中实力最强的联华影业公司的经理黎民伟先生,正在家中大摆宴席。这次宴会的主宾是美国电影音响技师史坚纳,是联华公司为准备拍有声电影而特意花重金从美国电影城好莱坞请来的高人。

20世纪30年代初,世界影坛有声片已经大行其道,中国也有几十家电影院购置了音响设备,放映的都是美国有声电影。所以,执电影界牛耳的上海三大电影厂"联华""明星""天一"也都在考虑要不要抢占国产有声片这个风头。

席间作陪的,除联华厂实权在握的人物外,尚有作为该厂业务骨干的主力编、导及男、女明星,当时最走红的电影明星阮玲玉当然也在其中。

那晚,她穿着一件黑底绿花织锦紧身旗袍,烫着大波浪卷发,脸上薄施脂粉,耳际坠着唐季珊送给她的定情礼物红宝石耳环,眉尖略略向下,多少妩媚中,夹裹着一线忧伤。

席间,阮玲玉向每个人敬酒。而且格外郑重其事,干杯之后还一一与对方握手。阮玲玉并不擅于喝酒,而且很少主动敬酒。这一反常态的行为被酒宴间喧闹的气氛掩盖了。

阮玲玉此时已经收到法院传票,3月9日正式开庭。在座的同事误以为她因诉讼缠身而郁闷,但求一醉,所以也就陪着她喝。

谁也想不到,这是阮玲玉一生中的最后一次演出。她在酒宴上的表现并非醉态,而是在向人间作最后的诀别。

她为什么要死?

有很多原因。

1935年2月27日清晨,上海特区第二法院门前出现了一个未曾有过的盛况,法院的大门尚未打开,门前已拥满了前来旁听的市民。

阮玲玉以生病为由没有到庭。

虽然,法庭上问答不过十几句,但记者们依然写出了长篇的报道。在此后数日内,此类绘声绘色的以"私生活""秘闻"等为题,充塞着"诱奸""通奸"等字眼的报道连篇累牍地出现在各类报刊上,特别是一些小报上。这些报道极为放肆地对阮玲玉进行诬蔑、攻击和谩骂,称她是可耻的荡妇,是罪不容诛的祸水。

经过报纸的推波助澜,阮玲玉与两个男人的故事成了街谈巷议的热点事件,尤其是对名女人的绯闻天生最感兴趣的小市民们,不仅借助于报纸将阮玲玉的"艳闻"演绎出多种多样的版本,而且对即将开庭的张达民诉阮玲玉和唐季珊的案子更是异乎寻常地关注。

阮玲玉太需要情感的保护了,特别是男人的保护。父亲的早逝,使得她不断地在寻找父亲的替身。

阮玲玉太无知了,她不知道与男性同居,特别是与有家室的男性同居是有后患的。

阮玲玉的父母都是广东人,平民,父亲去世,母亲在张达民家当佣人,阮玲玉从小跟着母亲在张家长大。

丫鬟与少爷卿卿我我,是中国传统戏剧的桥段,佣人的女儿阮玲玉与张家少爷张达民相爱了。

阮玲玉的母亲自然是同意的,也极力奉承,觉得这是女儿最好的归宿。

张家父母自然是反对,因为门第太悬殊。

张达民在家中最受宠爱,父母拗不过他,只好眼开眼闭,只要不结婚,不领回家,当作不知道。

那时的张达民犹如曹禺《雷雨》里的周冲,同情弱者,同情穷人,他在外面给阮玲玉母女租了房子,还不时地接济她们的生活。张达民的哥哥是中国电影的创始人,因了这一层关系,把阮玲玉领上了舞台,站到了水银灯下。

当张家败落后,张达民也曾经营过许多生意,都失败了。

张达民就此沉沦,从一个反封建的五四青年蜕变为无赖、赌徒。

阮玲玉因为感念与张达民的最初,也因为生性比较软弱,极不愿意撕破脸皮,她以为钱、忍让可以息事宁人。

经不住张达民的上门吵闹,已经同茶叶商人唐季珊同居的阮玲玉,委托律师伍澄宇先生与张达民商议办理脱离分居手续。

他们约定:阮玲玉每月付给张达民生活费 100 元,两年为期;并约定,双方为名誉保障起见,本条约不予登报。

分离之事不登报,是阮玲玉坚持要写进去的,但是她万万没想到的是,张达民在订立分离契约之后,并不安分守己,依然到处打着阮玲玉丈夫的旗号招摇撞骗,并且把阮玲玉以及唐季珊告上法庭,案由是阮玲玉携款出走,与唐季珊分享。

1931 年 12 月 2 日,当时的电影皇后胡蝶的一场官司给阮玲玉留下了深刻的印象,历时一年之久且被各报炒得滚烫的"雪蝶解约案"构成了阮玲玉日后视打官司为畏途的一个原因。

张达民威胁阮玲玉,街头的小报关于胡蝶情史风波的描写非常多,而自己和阮玲玉自 16 岁那年同居的事情,如果卖给小报记者肯定比胡蝶情史风波更为精彩。

阮玲玉专程登门去讨教胡蝶。胡蝶与她谈起在法庭上的种种尴尬,种种难堪。阮玲玉听后十分恐惧。

阮玲玉寻死的又一个原因是她再一次失去了爱的依托。

1934 年 5 月,阮玲玉搬进新闸路沁园村 9 号,住进了茶叶大亨唐季珊为她买的房子。

　　黄昏里，母亲在家里煲汤，唐季珊一手搂着阮玲玉的腰，一手牵着宠物狗，在落叶中散步，阮玲玉以为自己是公主，一弯细眉眼里，蓄满了甜蜜。

阮玲玉在沁园村

　　剧作家田汉曾问："为什么甘愿做别人的姨太太呢？"

　　与已有家室的唐季珊同居时，阮玲玉已经是 22 岁的成熟女子，她必须为自己的选择付出代价。

　　彼时，上海著名舞女梁赛珍姐妹 3 人也住在沁园村，一个比一个美，也真是奇迹。

　　阮玲玉喜欢跳舞，一日，回家已是午夜，唐季珊把阮玲玉关在门外，以示男人的权威。

不久,阮玲玉发现唐季珊与邻居舞女梁赛珍的私情。

处于极度悲痛、矛盾之中的阮玲玉,在一次酒后对友人只说了一句话:"我真不该与唐季珊好的。"

友人回忆,自杀当晚,阮玲玉与唐季珊在车上因诉讼一事再次争吵,唐季珊出手打了阮玲玉。

阮玲玉把爱作为日子,作为生命的全部。疲惫不堪的她极力寻找着生命中最后一根救命的稻草,寻找一个活下去的借口和理由。

阮玲玉最后的指望是蔡楚生。

《新女性》是阮玲玉与导演蔡楚生的第一次合作,此时,蔡楚生已是联华很有才华的青年导演了,他执导的影片《渔光曲》《都会的早晨》都是很有影响的作品。

阮玲玉向蔡楚生提出一起逃往香港结婚的要求。

蔡楚生推脱,没有承担这一段感情。

在蔡楚生也离世后,著名作家、影界前辈柯灵先生第一次公开披露:"在《新女性》合作过程中,这两位彼此倾心相诉的艺术家,各自痛苦地扼杀了燃烧的热情。"

老影人沈寂先生记性真好,90岁了,往事依旧清晰。他道:"蔡楚生的妻子是中共地下党,他不敢轻举妄动。其实,他可以帮助阮玲玉去延安的。总是有办法的。"

电影《阮玲玉》中,美术指导朴若木设计的旗袍和墙纸都是拼贴状的,比喻为人物命运和情感的支离破碎。

都失去了,也就不再留恋了。

阮玲玉的体内潜伏着悲剧的基因在绝望的情绪中被激活了。

1935 年 3 月 8 日凌晨,宴会之后,阮玲玉走进厨房,端了一碗粥,上楼到卧室,和着安眠药,安静地吃了下去。完了,从容地写遗书。

阮玲玉自杀后被送进虹口日本人开的福民医院,阮玲玉以前自杀也是被送到这里来的。深一层的理由是,这里是日本人的医院,没有人可以认出阮玲玉。谁知,医院半夜没有值班医生,无法抢救。生死关头,唐季珊想到的还是面子。他怕阮玲玉服毒的消息外传,舆论会迁怒到他和他的家族。

阮玲玉的生命一点点流失,唐季珊却还在犹豫! 他把阮玲玉送到了一位医生朋友那里。朋友亦是束手无策,劝送正规大医院。

这时,唐季珊才给电影厂的黎民伟打了电话。

3 月 8 号上午 10 点,阮玲玉服毒已经 8 个多小时以后,才被送进中西疗养院。只是一切的努力都太迟了,三八国际妇女节的下午 6 点 38 分,阮玲玉停止了呼吸!

黎民伟是一个聪明人,他在阮玲玉被不断转移的抢救途中,拍下了珍贵的照片。他是要留给历史看的。这些照片,日后都发表在了著名的《良友》画报上。

1935 年 3 月 14 日,阮玲玉落葬。

她的同事们为她抬棺,他们要送阮玲玉最后一程。

为了清白,她如黛玉葬花般的姿态,结束了自己年轻的生命。

人们在死亡的祭坛前,感觉到了生命的重量。

人们缄默了。毕竟,她只有 25 岁。

最近几年,一些信件的问世,更使人看见一个女明星,在

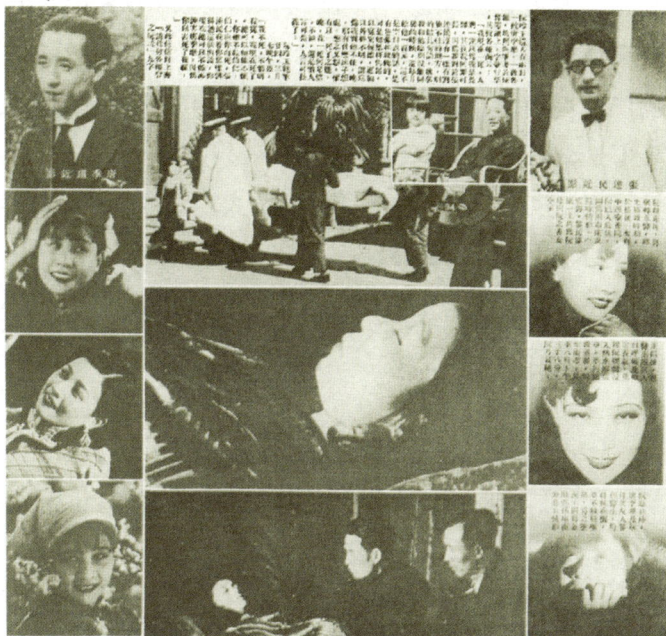

《良友》画报纪念阮玲玉专题(1935 年第 27 期)

那样的年代里,内心的脆弱和肉身的屈辱。

阮玲玉走远,人们又拽她回来,在胶片里,在她的脂粉眉眼里,打捞起她生命的片段。

香港导演关锦鹏拍摄电影《阮玲玉》亦为了对怀念她的人作一个关照。

张曼玉说,阮玲玉已经足够,25 岁,最辉煌的时候戛然而止,成为传奇。

阮玲玉抱着"找个好男人过上幸福生活"的想法,在那个时代里跌跌撞撞,却总是遇人不淑。

阮玲玉自杀的原因确有"人言可畏",但直接原因同她对男人的绝望有关。她是一个内心柔弱需要被人呵护的女子，不幸的是，她从来没找对人。在确定自己所处的世界不能给她温暖之后，她毅然离去，内心的冰冷早已不在乎别人说她是"没有灵魂的女性"了。

也许，自杀是她掌控命运的唯一方式。

她不是一个新女性，她是一个可怜的女人。

电影《阮玲玉》里的插曲《葬心》，由黄莺莺唱来，也是一腔酸楚由心而来：

> 蝴蝶儿飞去心亦不在，
> 凄清长夜谁来拭泪满腮，
> 是贪点儿依赖贪一点儿爱，
> 旧缘该了难了换满心哀，
> 怎受得住这头猜那边怪，
> 人言汇成愁海辛酸难挨，
> 天给的苦给的灾都不怪，
> 千不该万不该芳华怕孤单，
> 林花儿谢了连心也埋，
> 他日春燕归来身何在。

北方大妞

——白光

作曲家陈钢先生说——那时我还是一个孩子，在我的眼里，白光就是一个北方大妞，大大咧咧的，如同一朵无拘无束的牡丹花。

1945 年的春天，白光住在上海国际饭店。某日，一个电话打到客服部。章荣奎领班一听是歌后白光，受宠若惊。章领班沪江大学毕业，文学青年，一表人才，写过剧本《大饭店》，出版过诗集，因为仰慕白光，遂取笔名白夫。

白光在电话那头道："章先生，能否给我找到两个生鸡蛋？"

领班以为听错了，什么？生鸡蛋？不过嘴里还是一迭声地应道："好好，白小姐，可以，可以，不成问题。"

领班双手捧着生鸡蛋，只能用脚轻叩房门。

见是制服笔挺的领班，白光笑道："噢，章先生，麻烦你还

以白光为封面人物的杂志

亲自送来。请坐,等我化妆后,我们一起去舞台。"

白光拿起鸡蛋,敲开一个小孔,一口一口轻轻啜吸。事毕,她把蛋壳扣在化妆台上,对着一旁疑惑的章领班道:"生鸡蛋的蛋白润滑嗓子。"

章领班恍然大悟。

静坐着,看她化妆,如绘工笔画般仔细。

白光忽又道:"章先生,我不熟悉方向。麻烦你陪我上楼去,找个观众看不到的隐避地方。等乐队起奏,我可从台后踏进摩天厅的舞池,突然出现,你懂得吧?"

章领班自然道懂得了。

白光终于打扮完毕,一袭白绸长礼服,天鹅颈上一串珍珠,长长的睫毛,影影幢幢,一副美人肩被波涛状的褐发遮去了一半。

白光开唱是晚上8点。

彼时,国际饭店摩天厅早已客满。

白光驻唱的国际饭店

平日,摩天厅可容纳顾客500人,听到"一代妖姬"白光首演,票子卖出了700多张。侍应生忙着加放折椅,亦无法满足一睹芳泽的人群。还有几百个没有座位的人只能挤在门廊、衣帽间和账台前。

白光出场了。

手臂上挽一只鲜花篮,白俄伴舞者搂着她的杨柳细腰,跳起华尔兹入场。

白光一边旋转，一边把鲜花撒向观众。

真正是天女散花。

情歌一支又一支。

低靡的歌声，婉转的凤眼，把红唇酿作了烈酒。

等唱到"你不要走吧，门外有风儿太大"时，听众的情绪已达沸腾，有人跳起来叫好，掌声如雷电震耳。

白光的来龙去脉是这样的：

生长在北平，父亲是小学教员，母亲早年去世，白光是长女，下面还有弟妹6个。为了生计，15岁时去参加留日剧艺奖学金考试。白光不会日语，初试落选，她在考场里硬是哭了一个下午，逼得考官回心转意。那种样子，如同后来的演员赵薇。

她终于赢得公费，去日本学艺，与李香兰同拜一位老师。

白光用了两年时间专攻演剧、歌唱和大鼓。

一晚，白光去兰心大戏院参加艺坛人员的慈善募捐会。她打扮成村妇，卷起两袖擂起台前的大鼓。

上海人很少听到大鼓，因是一个妖媚的女子，又因是白光，不觉多捐了一点钱。

一家八口靠白光接济，她生性节约，省吃俭用。几年下来，私房积蓄丰厚。

电影《桃李争春》开拍，白光坚持要演主角。

制片人考虑她是新人，片子投资巨大，迟疑不决。

白光孤注一掷，把她心血积蓄的5万元钱，全部投资《桃李争春》。

依靠此片，名震影坛，赚了大钱，摇身一变，成了中国银幕的耀眼新星。影迷、听众一致把她捧为"影后""歌姬"，走红东南亚银幕、歌坛达 20 多年。

根据合约，在国际饭店，白光每晚出演两场，分别是 8 时和 10 时。

这天，章领班去给白光送花，是那种深色的玫瑰。章领班暗恋白光。

推开门，但见白光一方手帕，泪水盈盈。正不知道是进还是退时，白光开口道："你看，我辛辛苦苦在摩天厅赚了一大把钱，给爸爸去投资，他不买黄金，又不兑换美钞，把所有的钱都投在大米里，代理人为了省租金，把米袋都堆在一个破破烂烂的仓库里。天下大雨，货仓漏水，野老鼠就大开宴席，剩下的又发霉烂掉，他妈的，把我的钱都丢了。"说完，又继续抽泣。

领班看白光伤心，不觉也戚戚然起来，只恨自己是个小职员，无力解囊相助。

见一个弟弟一样可爱的人儿为自己真诚地伤心，白光心里倒是过意不去了，伸手扳住章领班的肩膀道："算了，你我都是苦命，一块倒霉吧！"

领班青涩地给了白光一个吻，跑回宿舍里做诗一首，给她解愁鼓励。

又一晚，章领班照例去陪白光上楼演唱。

未进门，就听见白光在同男友王某吵架。程度十分激烈，互不相让，一副你死我活的架势。

章领班很机灵，也有心维护白光，遂推门进去，对白光道："白姐，给小弟一点面子，请你的朋友回家啦，你表演的时间已经过了三刻钟，观众等得光火，要退票了，公事要紧，私事等明天再说好啦！"一向文雅的章领班，口气十分地硬朗。

白光先是迟疑了一下，忽然醒悟过来，转头对王某叱喝："王八蛋，你占了我的身，还花了我的钱，滚出去！"

在众人的斡旋下，王某甩了几句粗话也就离开了。

白光擦干了眼泪，匆忙梳洗化妆。

摩天厅里，顾客早已等得不耐烦，有的吹口哨，有的顿足，可是一见白光登台，便如吃了迷魂药一般，鸦雀无声了。

3个月后，白光在国际饭店演出期满，回到了北平。

1947年6月，白光回到上海，拍摄电影《悬崖勒马》，为百代公司灌唱片。不久移居法租界的一所公寓。

一天，白光特地邀请章领班去大光明影院，观赏她的新片《悬崖勒马》首映。

影片结束，白光邀请朋友喝咖啡，吃点心，谈论影片和演员的长短、好莱坞电影明星的逸事，很有文艺沙龙女主人的样子。

女作家潘柳黛与白光是闺中密友，她曾回忆道：

"国际饭店虽然设施一流，但因为是战时，能源短缺，电力不足，每晚到了午夜，升降机便要停止使用。白光无论拍戏，或者在夜总会登台唱歌，都要过了午夜才能回来。她住在十几楼，穿着4英寸的高跟鞋，登上几百级楼梯，那岂不是要了她的命？一晚，白光把高跟鞋脱下，正打算咬紧牙关走上楼梯，恰在此时，有人向她打招呼，白光抬头一看，原来是酒店的看更，一个身材魁梧的印度人，她灵机一动，从手袋中拿出一张钞票塞在印度人手里，叫他背自己上楼去。此时酒店没有旁人，那个印度人一声"OK"，便弯下腰，请白光趴在他背上，一直把她背到房门口。后来每晚都是如此，习以为常。

"一晚，她被迟归的客人撞见。白光由印度人背上楼去的秘密便被传开去了。有些男士想一亲香泽，竟然去贿赂那个印度人，请他把这个香艳的差使让出来。可是这个印度人认为这是一件很荣幸的事，无论人家出多少钱，他都摇头说'NO'。"

可惜，这样的"清平乐"并不长久。

1948年9月的一个下午，白光突然给章领班打电话，因为紧张，颠三倒四，语无伦次。意思是伤兵要打她，她刚从后门逃出来。

章领班很镇静，关照白光，哪里也不要去，直接到国际饭店3楼酒吧。

不一会儿，但见白光披头散发，泪眼婆娑，一路哭腔喊进来："他们打我，打我呀……"

章领班赶忙扶她坐下，一边叫来白兰地给她压惊，一边宽慰道："不怕不怕，这里是国际饭店，很安全，没有人敢在这里乱来的。"

当时，上海警备司令部司令是杨虎，仗着权势，强行逼迫艺人义务出演，美其名曰慰劳伤兵。他多次要求白光免费表演，白光偏不给面子，婉言拒绝。杨虎自然不高兴，怂恿伤兵开着卡车，停在白光公寓门前吓唬、叫骂。白光生性倔强，一口京片子骂还回去。激怒的伤兵跳下车来，闯进门去，举手喊打，幸亏有朋友在家，奋勇挡住前门，同伤兵理论，白光这才由后门逃出，打电话求救。

白光是"一代妖姬",章领班却是饭店的招待,双方虽有好感,碍于地位的悬殊,只能做好朋友,彼此都恪守底线。章领班用白夫的笔名写过《与我同行》一诗,副题为《献给永芬》,白光的真名叫史永芬,诗中对白光充满"爱恋",最后二节云:

　　我唯有一个意图／当欢乐时／在苦难中／我们缓步行
生之路／你没有怨尤／我亦无遗憾／始终携手行同途
　　我也祈求这一点／我的恋人／我的爱妻／当我们归家
的那天／在银发闪光里／扶臂向前行／并着肩一起安眠

1965 年,章领班离婚。同年 6 月,决定去香港度假,肃清离婚的烦恼。

白光回信说:"等着你回来。"这是白光的一首成名曲的名。

他们分离 16 年后再次重聚。

章领班下榻九龙帝后饭店,次日恰巧是白光的生日,她很早就到酒店,一走进房门,笑嘻嘻地大声叫着:"今天是 6 月 22 日,我的生日。"

依然是北方大妞的炽热。

那时,白光是电影演员协会的会长,她带章领班去演员聚会的咖啡馆,见到了李丽华。白光招待得很殷勤。次日送章领班去机场,一套白亚麻布洋装,脸上露出迷人的笑容,挥手送别的姿态,一如台前的谢幕。

1966 年春,章领班又到香港。白光买了啤酒,亲自做了章领班爱吃的葱油饼。

1969 年 6 月中,白光到美国推销古董、翡翠和珠宝。

章领班捧了鲜花去机场欢迎。

礼拜天,是白光在美国的最后一天。他们挑了一家很清静的餐馆午餐。白光认真地谈起婚姻来。

5 年前在九龙重聚时,她对《华侨日报》说章领班曾向她求婚,章领班以为她在制造新闻,哪知她真是有意。

但是章领班,经过了几十年的阅历,许多情怀已改,许多情怀已经不再。

白光见章领班无语,又道:"你还记得影后胡蝶吧,她在香港嫁了足球名将李惠堂。当时有位小职员影迷,也在热烈地追求她。那位小职员不屈不挠地向她求婚。胡蝶终于转心,下嫁了她忠实的影迷。时至今日,他俩相守已好多年了。"

章领班离婚已 5 年,却从未想到再婚。他说:"你知道婚姻必须有爱情做基础。你已有过 3 次经验了。你惯于奢侈生活,哪习惯清贫的生活呢?"

白光听了,堆起一个苦笑。

那晚,章领班驾了老爷轿车,送白光去火奴奴鲁国际机场。

路上,章领班想起了她的名歌《你不要走》。

白光赏脸,为章领班哼了几句。

分别前,章领班给了白光 20 个流行的肯尼迪总统银币做礼物。白光也给了章领班一个小纸袋,内藏 6 小块翡翠及 9 串粉红人造珠链,请章领班替她脱手。

亲兄弟,明算账,章领班按照香港市价给了她一张支票。

1989 年 10 月,白光忽然从华盛顿来了长途电话,说已决定去加拿大传播佛教真理。

白光说:"香港有位大师说过,我老年会做菩萨的。"

章领班感叹:"这又是天命吧。"

1991 年 5 月中旬,章领班去电九龙贺新春,电话接线员说,白光已经迁居,没有新地址和电话号码。

就此,他们断了讯息。

后来得知,白光到吉隆坡登台,遇到比她小 20 岁的忠实影迷颜良龙。颜良龙体贴入微,呵护备至,原以为今生与婚姻绝缘的白光,居然动了凡心,从此安定下来。

影迷问:"何以如此?"

白光总是以一句"缘分来了,千军万马都挡不住"作答。

1999 年 8 月 27 日,白光因结肠癌病逝于吉隆坡,享年 79 岁。颜良龙遵照白光生前的遗嘱,丧事低调处理,遗体落葬在吉隆坡市郊富贵山。

白光的墓很特别,一排黑白相间的琴键,上面镌刻着《如果没有你》的五线谱。

白光说,在她演唱过的众多歌曲中,《如果没有你》是她最钟爱的一首。

按动石阶上的琴键,飘来白光的歌声:"如果没有你,日子怎么过?"

苏州河边
——
姚莉

　　1994 年,我去了新加坡的一个离岛,借了马来人的船去钓鱼。哪里有什么鱼,只是摆一个样子而已,坐在那里等鱼来。同行的新加坡女友艾伦竟然会唱《苏州河边》这样的老歌。艾伦说:"词好美哦!是替我妈妈唱的。"

　　第二天,我们被诊断为阳光灼伤。

　　那时,我在新加坡丽的呼声电台工作。一日说起,自己从来没有听过玻璃板的唱片。下午,听众林先生就送来几张玻璃唱片,还带来了潮州的粉果。一张《苏州河边》,不小心,掉下来,碎掉了。这样的宝贝,竟然碎掉,又没有地方可以买到,真是把我吓坏了。林先生说:"不要紧,不要紧,你要是真的喜欢,改天来我家里。家母是上海人,当年带了很多唱片漂洋过海。"

　　隔了一些日子,林先生又来,请我去他家。

到了林先生的家,几近黄昏,放下百叶窗,端了冰冻的糖水上来。待大家消了汗,林先生开始在电唱机上放唱片。黄铜的唱机,金光灿烂。林先生像守着青铜大鼎一般,守护在唱机前,换唱片的时候,很认真地戴了白手套。林先生说:"那时光,要学流行歌曲,就要去上海。我母亲的探戈也是在上海学的。上海,当时是时代曲的摇篮。"

吃了,喝了,天也暗了下来。林先生拿出老上海的电影海报与我们合影。

后来我回国,林先生特地送了十几张珍藏的黑胶木唱片给我,是42转的。机场行李超重,罚了很多钱。回到上海,买不到42转的唱针,搁置着又觉得可惜。可巧有朋友开酒吧,就送了过去做摆设。

2009年的春日,在襄阳路上的大可堂普洱茶会所里,学着《红楼梦》里第七十回,起了一个桃花诗社,泡了陈年的普洱,请了一干很有些名气的老演员,在2楼的大客厅里朗读张爱玲的小说《小团圆》。

张爱玲的一生里,不敢祈求大的幸福,这于她,一向是远的。她只是就近守着小小的圆满。

在这些个小小的圆满里,也有收音机里的老歌。

张爱玲不喜欢交响乐,觉得很夸张,没有人间烟火气。

她是,生活里有臭豆腐辣椒酱便是好的。

歌星姚莉也因为用这样浅的要求对待生活,却是熬出了一个人生的大圆满。

2007年,也是这样的春日,我们去香港访问姚莉。

丈夫去世后,姚莉一个人住。

每个星期天,她到铜锣湾做礼拜。礼拜后,去一家西菜馆吃午饭。

　　就约在那家餐厅。

　　姚莉熟门熟路,甫一入座,就有服务生过来寒暄。

　　我拿出录音机。姚莉道:"不要急,有的是时间,先吃东西。"

　　服务生送了菜单来。

　　姚莉不用菜单的,她说:"我要铁板牛肉,五分熟的。"

　　我要了七分熟的。

　　姚莉说:"七分太熟了,我不喜欢。"

　　我亦惊讶她的牙口,她已经80多岁了。

　　手机响,陈钢先生从上海打来的。本来他是要与我们一起来的,机票都买了,无奈痛风发作,寸步难行。知道我们

姚莉

与姚莉在一起,电话跟踪过来。一声"姚莉阿姨",立时,这边的姚莉花儿一般灿烂起来,譬如 13 岁初登台时的样子。

姚莉:我 13 岁已经进电台(华新电台)播音。因为我要赚钱,2 元一个月,那个时候算很不错了,2 元可以买很多东西了,米呀,油呀,都是很便宜的,菜呀也都是 5 分钱一斤。那个时候周璇和严华是最红的。我们电台有一个节目是慈善,就请他们两位来,周璇最头牌,请她来唱几个歌,点唱,就是别人要她唱什么歌她就唱什么。晓得她来了,我心都跳了,跳得不得了,因为我最喜欢的人来了,可以见到她的脸了嘛,不容易见到的,我一直这么崇拜她。她来唱 3 支歌最多了,可是电话多得不得了,你看她多厉害,点她唱一首歌 5 元、10 元,我一个月才 2 元,她唱一首歌就 5 元、10 元,有的还给 15 元,她红嘛。她来之前其实是我先唱,她坐在后面听,她觉得这个小女孩蛮可爱的,那时我才 14 岁。唱完了我才知道她就坐在我后面,难为情死了,我根本乱唱的,我唱《天涯歌女》啊,《四季歌》啊,《采槟榔》啊,她很多歌我都会唱的,唱完了我回头一看,周璇啊,我开心得不得了,但我根本还没办法跟她聊天嘛,太小了。

淳子:你觉得她好看吗?

姚莉:蛮可爱的,不过很矮,个子很小的,也很朴素。轮到她唱,唱完了之后她问我,小妹妹你怎么这么厉害啊,年纪这么轻会唱我的歌。我说你是我的偶像嘛,对你崇拜得不得了,每天在家打开收音机听你的歌。她很开心,问我你没有老师教啊?我说没有啊,你就是我老师。她说你很聪明,有天赋。一会儿,严华也过来了,说你真的有天赋哟。我说什么天赋,我不懂的,乱唱的,我跟你的周璇学的。他说你想不想做歌星?我吓了一大跳,我做梦也没想过,我说什么歌星,不行的,我玩玩的。他说你要做歌星,我会提拔你。这就是遇见贵人了。两个礼拜以后严华叫我到公司去找他。

淳子:哪个公司啊?

姚莉:百代喽,我就去找他,我想他这么个大红人,叫我找他也许有希望的,也许有什么特别的一个任务可以给我,当然是唱歌了。他试听了我的嗓子,然后跟我说你先回家去等,我会为你做一首歌。我开心得不得了,但是又很担心,我从来没跟着音乐唱过的,还说要灌唱片,吓死我了。一个月以后他来了,拿了一首歌,说这首歌完全是为你做的,就是《卖相思》,我的第一首歌。我就凭着这一首歌,一出唱片居然就红了,我都莫名其妙。上海不都是弄堂嘛,一开收音机都是我的声音,这个歌疯狂得不得了,全中国那么大都在听,销售很好,公司就说这个小姑娘一炮就红,就跟我签合约了,我就真正进了百代,16岁。所以我一生都不能忘,我的恩人,没有他就没有我的今天。在百代红了以后,就有很多有名的作曲家为我写歌,陈歌辛啦,黎锦光啦,陈歌辛的《玫瑰玫瑰我爱你》《秋的怀念》也红得不得了。这些歌都是在百代录的,我一生都是在百代,没有去过别的唱片公司,很幸运,我不晓得一首歌红了会这样,我觉得自己乱唱的,又没有人教,就是严华说你有天赋啊,这就是他们给我的恩宠,我永远忘不了。

淳子:陈钢老师说你原来在公司录完音都会跟他父亲陈歌辛一起散散步啊什么的。

姚莉：我们百代公司因为太大了，每一个作曲家都有自己的房间，有钢琴的。我们没事也经常去坐坐，唱唱歌玩。他们经常都在作曲，然后就让我们试唱，他们不出声的，就在旁边听，听谁配得上这首歌，就给谁。我不晓得陈歌辛为什么给我唱那些歌，大概是觉得我合适吧，当然我自己也有一点天分，包括《苏州河边》《玫瑰玫瑰我爱你》。《玫瑰玫瑰我爱你》不容易唱的，很快的节奏啊，要唱得很轻松，字很多很多，但我也不管了，他那么大个作曲家叫你唱怎么不唱呢。虽然担心唱不好，但结果都唱得不错了。

淳子：录了多久啊，像《玫瑰玫瑰我爱你》？

姚莉：我唱得很快的，我不喜欢唱很多遍，累嘛，因为以前不容易的，就是 live，同台的，音乐在后面，你不能唱错的，唱错从头来过。现在科技发达了，没有这样的录音了，唱错没关系，可以补的。我不喜欢，我不喜欢这样的录音，所以我早就退了，为了这样的情形我就退了，我喜欢乐队在我后面的感觉，因为也习惯了，从 16 岁开始。像《玫瑰玫瑰我爱你》，好棒的乐队，20 几个乐手在我后面，所以虽然很大压力，但是也跟自己说要唱好，不要辜负人家，big band，现在不会再有了，这样的情况不会再有了。那些 big band 还不是什么菲律宾人，也不是中国人，白俄啊，他们这个乐队是属于我们的，跟我们录唱片的，不是到外面什么舞厅赚钱的，不是的。所以我很幸运，一直唱那么好的音乐，那么好的作曲家，陈歌辛真的很宝贝我的，很好的歌都给我唱，我凭着这个《玫瑰玫瑰我爱你》红到外国，外国人也翻唱成英文，我很骄傲的。

淳子：你能描述一下当年第一次见到像陈歌辛、黎锦光这些大作曲家时的情形吗?

姚莉:我觉得他们都蛮好的,也是觉得我这个小女孩蛮可爱的吧,也一直很努力,唱歌很用功,也觉得我有天分,作曲家都希望演唱者有天分的吧,要不然教得累死你也唱不好,我不愿他们这么教的,我要自己来。我后来就自己看谱了,看歌词,背,我要自己成为歌里的主角,那就能把感情唱出来了。这也是我的小聪明吧,所以陈歌辛他们为什么愿意把好听的歌给我,因为晓得我聪明,不用怎么费力教我怎么去理解,我自己会去体会歌里的意境,并且知道怎么把它表达出来,也没有人教我,大概真是有点天分吧。其实好多东西当时自己也不懂,才十几岁,像爱情歌曲、失恋的歌曲我也能唱出来,可是自己都还根本没有谈过恋爱嘛。

淳子:在百代的时候有没有碰到过李香兰?

姚莉:哇,好久以前了,大概是在日本人占领我国的时候了,那个时候真不敢去看她,了不起嘛,人又漂亮,歌又唱得好。她的歌跟我不同,歌路不同,她是训练过的,我没有的,我是野路子。

淳子:那白光呢?

姚莉:白光跟她一起的,可是我不是太喜欢白光,我觉得她唱歌怪怪的,那个味道怪怪的。

淳子:所以有人叫她妖姬啊。

姚莉:对,她走出来那个样子就是妖的,可是人倒是蛮好的。我还是更喜欢李香兰,她好斯文,好文静,她唱的第一首歌,我哥哥姚敏作曲的《恨不相逢未嫁时》,陈歌辛作词,难得的,陈歌辛一般不写歌词的,就是为了她,为了这首《恨不相逢未嫁的》，和我哥哥合作，一个作曲，一个写词，专门写的词，很红的，到现在还很流行，不过不是容易唱的。

淳子：你能哼两句吗？

姚莉：我不行的，她的歌我不会唱的，太美了。

淳子：那姚敏给你写过歌吗？

姚莉：我哥哥是这样的，我红了之后才把他拉进去，否则他根本没有这个机会的。我觉得我已经红了，我们家里那么苦，我哥哥也要让他出头的，我就把他介绍给歌辛。我说我哥哥也会唱，他说是吗，试试看，一听他的嗓子也很好，就说反正我们也需要男女合唱的歌，严华太忙了，因为百代的男歌星只有严华。后来就做了很多男女合唱的歌。我哥哥也是天才了，嗓子好得不得了，后来也算是百代的男歌星之一了，跟周璇也有很多合唱，跟周璇啦白虹啦都有合作，当然后来跟我唱的最多。

姚莉、姚敏合唱《何处是青春》

淳子：你在百代印象比较深刻的除了李香兰还有谁？

姚莉：我喜欢白虹，她的为人好。因为我出生在上海，我们上海人的国语不一定讲得很标准，可是我要唱国语歌啊，我希望能够字正腔圆，就请教白虹姐姐了。我叫她白姐的，我说白姐啊，我的咬字不太准，要请教你，因为她是北方人嘛，她说好啊，没关系，你有问题就问我。后来人家说我咬字很准，北京待过了？我说哪里，没去过北京，苦出身，忙着赚钱了，哪有时间去玩，都是白姐教的。所以我这一生要感谢两个人，一个提拔我，一个教我国语。

淳子：我听老一点的人说，周璇有钱，但是不舍得用的。

姚莉：她很省的，穿衣服也很朴素，也难怪，她跟我一样是苦出身，说句老实话，有钱人家的小姐哪里有出来抛头露面的呢？对不对，念书啦。我没有什么机会念书，家里穷，没办法。

淳子：那个时候百代对面就有强生汽车公司了。

姚莉：有啊有啊，也不止强生了，好几家汽车公司。但强生最红了。不晓得现在还在不在？在百代公司，我每天都要去上班的，等于上班了，因为每天都要去练练嗓子什么的。陈歌辛啦，黎锦光啦，我哥哥啦，还有李厚襄啦，也很有名，他也写很多歌。我们5点钟下班了，经常一起去吃饭，有时候一起去旅行了，到杭州、苏州去玩。作曲家灵感好厉害的，我有一首歌叫《苏州河边》，就是到苏州去玩，经过一条河边，陈歌辛灵感来了，做了这首《苏州河边》。他们有时候半个钟头就写出一首歌。我哥哥也很厉害，20分钟能写一首歌。《苏州河边》你没听过吗？"夜留下一片寂寞"，怎么样，有点印象了吗？啊呀，好听极了。（姚莉手上拿了叉子，权作打板，轻声哼唱)"河边只有我们两个,你望着我,我望着你",好了好了,不行了,40年没有唱了,不过这些歌永远永远不会忘的,因为太美了,现在没有一个作曲家可以写得出这么好听的歌了。所以我很怀念陈歌辛。

淳子:后来严华还写过歌给你吗?

姚莉:没有了,第一首之后就没有了,因为后来太多大作曲家给我写歌,他也不一定写得好了。他并不是专业作曲的,严华还是以唱为主。他就给我写过一首《卖相思》。后来就是陈歌辛、黎锦光,还有我哥哥姚敏。他也很厉害,一直是作曲,也演唱,到了香港才完全不唱,只是作曲,我还是唱。其实我跟我哥哥来的时候很苦的,1950年哪里有什么歌唱,百代公司也没有。百代是1952年才到香港来,才开始灌唱片。所以我是1952年开始再唱,唱到1964年退休了,不唱了。也唱了这么多年,我够了,我16岁唱到46岁还不够吗?你想我唱了多少歌?我自己都不记得,马来西亚、新加坡的电台有记录的,我以为两三百首最多,结果不止,有400多首歌!我自己都不相信,也忘了,那个时候的歌好多都忘了,最近或者最红的我还记得。

淳子:我在新加坡做DJ的时候,放了什么歌都要记录的,每个月统计下来你的歌真的很多,还有电台的其他同事,他们也都做记录的……

姚莉:因为要算版税嘛,给我们公司的,给百代的,我没有哦,作曲还有作词的都有,就是唱的没有。

淳子:到香港以后第一次回上海是什么时候?

姚莉:1986年,后来搬了家,隔了两三年又去一次,去了大概 3 次吧,我到我住过的老房子,去敲门,对人家讲,我以前住在这里的。最近我也不想去,因为我上海没有自己家人嘛,好朋友一个一个都走了,我去看谁呢?

淳子: 那你第一次去上海有没有见严华他们?

姚莉: 就是一起吃饭喽,那个时候还都在啊,黎锦光也在,白虹姐姐也在。我专程坐火车到北京去看白姐,可是她不认识我了,30 年不见,人都有点变了。我叫她白姐,她看着我好久都不认得,她没怎么变,就是老了,像一个北方的老奶奶。我说你还记得我吗? 白姐,我姓姚的,她说姓姚? 哦,姚莉!然后叫我莉妹,然后就抱着哭啊,30 多年没见面了。跟她也吃了一餐饭,在家里,她女儿煮的。我说我要走了,我不是自己自由来的,我跟一个团来的。她说下次不要参加什么旅行团了,就自己到北京来,住我家里,住一些日子,我们好好聊聊。我说我会,我一定会的,我跟他们都约了,说以后很容易嘛,买飞机票就过来了,我可以随时来看你们。后来黎锦光先走了,然后白虹,最后是严华,也走了。

淳子: 他们说你眼光好,丈夫挑得好。

姚莉: 我觉得做人要有一个原则,自己要知道当初出来是为了什么。哦,为了养家,那 OK 啦,赚钱也赚得差不多了,妈妈也享福了,然后自己呢也觉得唱得累了。我在夜总会唱了 8 年,在上海,第一个仙乐斯,第二个扬子饭店,两个都是 4 年,签合约的,因为你红了,老板就怕你今天在这边唱,明天又到那边去唱了,不可以的,4 年合约要完全属于他的。我 16 岁红了,仙乐斯老板就来找我,妈妈当然也同意,觉得女儿可以赚钱了,仙乐斯又是当时第一流的夜总会,就去了,4 年以

姚莉驻唱的扬子饭店

后合约满了就转到另外一家，扬子饭店。一共 8 年，在外头抛
头露面。然后要结婚了，我就跟自己说，也够了，我已经 25 岁
了。我的公公是扬子饭店的经理，他很喜欢听我唱歌，我在第
一个场子仙乐斯的时候他每天晚上坐在旁边听我唱，他听见
我的合约要满了，就跟我妈妈商量说你女儿合约满了，可不可
以到我的夜总会去唱？我妈妈觉得女儿赚钱了就满口答应，
我就又去了那边 4 年。到了扬子饭店也许是一种缘分，也许
是上帝安排我们见面。我公公非常喜欢我，宝贝我，他后来跟
我妈妈说，你女儿跟我签 4 年合约，我还有一个条件，就是要
让她做我的媳妇。他有 3 个儿子，我先生是大儿子，还有一个

女儿。我妈妈说我也不知道女儿是不是想找男朋友，因为那个时候才20出头嘛，他说我带我儿子给你看看呀。我那个时候真的很单纯的，从来没有谈过恋爱，一直也都在为家里打拼赚钱，也没有想过什么是爱情。后来我这个公公真的带了他大儿子过来，我那个时候都是听妈妈的，妈妈觉得这个男孩子还蛮可靠的，那时候他还在念书，还没念大学，他比我小嘛。后来妈妈跟我说你看经理的儿子还不错吧，我说是啊，不错不错，我不晓得他们两个人，我妈妈和他爸爸已经暗中定了这门亲了。我们上海人喜欢定婚的嘛，定了就不会有变化了。然后我也没什么想法，什么都是我妈妈拿主意了。到了24岁我合约满了公公说差不多了，也不要再唱了，很辛苦的，该结婚了。我的姐姐都是十七八岁就结婚了，我这个年纪已经很晚了，可是我一点都不懂。我25岁结婚了。结婚后我想我也够了，辛苦了半辈子，我的责任也完了，我孝顺妈妈也够了，妈妈也享福了，那我就想我要为我自己的家打算了，做一个好老婆，不要再出去抛头露面了，可是我唱歌还是很喜欢，所以唱歌是要唱的，只是外头不再去了。因为去外头呢，免不了有一些有钱人要找你吃饭啦，你要去应酬啦，我不喜欢，我其实也是一个很朴素的人，反而是现在变得讲究穿着打扮了，以前也是很老实的，也朴素得不得了。

　　我真的觉得我很幸运，我有一个幸福的家庭，我跟我老公黄保罗60年夫妻。他两年以前刚去世。第一年的时候我情绪不太好，我不想出来，因为我不习惯，少了一个老伴儿嘛。我们60年夫妻从来没有什么不开心，吵吵闹闹，没有过，也生了两个孩子，我很幸福，他真是一个非常好的丈夫，太好了。

他去世的时候已经80岁了,他现在活着的话82岁,我比他大4岁,我已经86岁了。没有办法,人的生离死别是一定的,他不过先走一步,我慢慢也要去的,去天堂跟他一起。所以我觉得我的选择是对的,我好早就退了,为了他们,为了这个家。

淳子:你要是不退的话,还可能出现很多是是非非。

姚莉:有啦,一定啦,因为我以前红啊,追我的人很多啊,都是有钱的,但我自己有原则,我不会嫁有钱人,我要嫁一个真正的老公,一生的伴侣。

姚莉从皮夹子里拿出一张全家福,中国家庭金字塔的排列,丈夫、儿子、女婿、女儿、孙子,然后才是姚莉。姚莉在家里不是明星,是妻子,是母亲,是在厨房里做饭洗衣的家常女人,恪守传统,懂得人情世故,惜福知福守福,才有了这样的圆满。

这时候,一旁我的同伴就问:"听说你喜欢过陈歌辛,是吗?"

姚莉笑起来,道:"应该讲是欢喜的,暗暗的,一起散散步,抬头看他,觉得他好斯文,好文静。不敢讲的,母亲管得很紧的。陈歌辛的儿子陈钢来香港看我,抱住我叫姚阿姨,哎呀,真的是亲热得不得了。想起那时候的事情,还是很美好的。"

一低首,姚莉轻吟"想你,想你"……只吟这一句,又一浅笑道:"蛮好了,足够了。"拿出相机,说要拍照。姚莉赶紧用口布蘸了蘸嘴唇,擦了一点口红,譬如有人对她说:"上台了。"

从那次见面以后,"姚莉阿姨"也成了我的阿姨。

我们经常通电话。

电话里喜欢讲上海话。

姚莉母亲的家在圣母院路(现瑞金一路)高福里,婆家在愚园路。

她经常问,那里还在吗?拆掉了没有呀?很久没有去了。现在不方便去了,走不动了,出去一定得有菲佣陪着的。

说起老歌,她说,香港还有一批她的钻石级的粉丝,经常在一起聚会,唱老歌,也唱周杰伦的歌,因为歌词很美。

她依旧每周去礼拜,礼拜后,依旧在铜锣湾的那个店里吃牛排。

她与张爱玲的不同在于,她对人生没有疏离感。

上海人喜欢在窗台上种蔷薇,不是什么金贵的植物,只要浇水,就会开花,且灿烂无比。姚莉阿姨不是玫瑰,是蔷薇,谢了,明年还会再绽放。

2009年圣诞节,我去扬子饭店参加名媛旗袍派对。

模特们穿着李鸿章家、盛宣怀家、荣毅仁家、赵四小姐家女眷们的旗袍走台,背景里,是姚莉阿姨唱的《苏州河边》,那种光景,恰似一场游园惊梦。

2013年春天,"姚莉传奇经典演唱会"在湾仔伊馆举行,全场座无虚席。

91岁的姚莉,一身黑色蕾丝,坐在最前排。

整个演出持续了3小时。

有人问:如何看待这场致敬性质的演唱会,姚莉满脸堆笑道:"好满意,好感动,好开心!"

2015年除夕,姚莉和菲佣,面对面,吃完了晚餐,移步沙发,深深地陷落在柔软的布料里,观看香港电视台的节目。她说:"我已经足够老了,老得已经不再出门了,代我向记得我的朋友拜年,祝福大家。"

词三千
——陈蝶衣

陈蝶衣,很戏曲化的名字。

那年在香港,朋友听说我要去粉岭探望陈蝶衣,都说,粉岭啊,很远呢!

买来香港地图,前前后后看了几遍,找不到粉岭。这才知道真的是远。

住在港岛的影星潘迪华担心我们迷路,特地在车行为我们订了车,约好了上车的地点。怕我们舍不得钱,又与车行讨价还价。人家看她的面子,给了一个很大的折扣。到粉岭,说是找陈蝶衣,就有门房热络地为我们开了门,原来陈蝶衣的夫人早就关照了的。按了铃,进得客厅,陈蝶衣正坐在临窗的沙发上读书。见有客人来,就往里面走。夫人道:"勿要走,找你的。上海陈钢先生托人来看你了。"

陈蝶衣耳背,夫人的音调很高。

陈蝶衣站住，看定我们："你们上海来的？"

我们赶紧拿出陈钢先生托带的茶叶、丝巾。夫人这边也就端了茶过来。

大声说话觉得累，夫人建议用纸笔对谈。

我写："有资料称，陈歌辛是'歌仙'，你是'词圣'。"

陈蝶衣拿起放大镜，嘴角略微地一抽，想说什么的，没说，只是不置可否地嘿嘿了两声。

夫人一旁道："伊勿在乎名气的，你说好就好，你说不好就不好，从来不去辩解的。"

又问："对上海百代唱片公司的记忆？"

他道："录了好多好多歌曲，比较流行的是《凤凰于飞》，和陈歌辛合作，'凤凰于飞在云霄'，好多歌曲都是在百代录音的。可惜陈歌辛被送去劳改农场，一个文弱书生，哪里受得了这样的折磨。死了。很可惜。他的儿子陈钢很有才气，接棒，写了很多有名的曲子。歌星呢，周璇是最出名的了，唱的歌也最多。那个时候除了写歌还写很多的剧本。拍戏之余也经常和周璇见面的。在国际饭店 14 楼喝咖啡。周璇很朴素，在上海的时候也不怎么打扮的，没什么明星的作风。还有姚莉、张露。姚莉、张露都在香港，还有白光和李香兰。好久没有他们的消息了。大约出远门了。"

20 世纪 40 年代的上海，陈蝶衣是著名报人，在福州路大中华旅馆底楼开了一家同名咖啡馆，在那里写书写歌词。福州路上书店多，文人也多，就常有同好者来这里喝咖啡聊天。现在的夫人梁佩琼当时是咖啡馆里的会计，日久生情，结为夫妻。

柯灵先生主持的《万象》杂志编辑部也在福州路上,陈蝶衣经常在那里发表对文学的见地。1944 年 12 月,张爱玲小说《倾城之恋》搬上舞台,陈蝶衣与导演桑弧观看了头场演出。那一晚,天冷得很,戏园子里没有暖气,裹着大衣,也还是冷。回家的路上,陈蝶衣踩在了冰块上,还摔了一跤。顾不得疗伤,连夜灯下赶写文章《〈倾城之恋〉赞》,发表在《力报》上。

这就问到了张爱玲。陈蝶衣与张爱玲都是在 1952 年来香港的。

陈蝶衣拿放大镜把这个问题看了很久,道:"张爱玲?不晓得到哪里去了。出远门了。"

张爱玲自然是出远门了。1955 年,张爱玲意识到,在香港,是没有她的天地的,所以,她果断地离开。连李丽华请她写剧本,也了无心情。倒是陈蝶衣,先后为李丽华写了《小凤仙》和《红楼梦》。

因前面说到咖啡馆,同伴道:"淳子在电台里主持的节目就叫《淳子咖啡馆》。"语调不高,陈蝶衣却听到了,接口道:"上海的格兰咖啡馆我差不多每天都去的。"

同伴纠正:"是《淳子咖啡馆》。"

陈蝶衣还是:"格兰咖啡馆。"

我在纸上写:"淳子咖啡馆。"

陈蝶衣接过去看了,依旧道:"格兰咖啡馆。"

夫人赶紧解释:"我们刚刚到香港的时候,很困难,找不到事情做。特别是陈蝶衣,不会广东话,找不到事情做。我是广东人,就靠我给人家做账维持生活。后来百代公司晓得我们到了香港,找到我们。陈蝶衣和姚莉的哥哥姚敏天天到尖沙咀的格兰咖啡馆即兴创作。那个时候他和姚敏,姚敏喝喝啤酒,他喝喝咖啡,姚敏想了个曲子,然后开始唱,他就把词配上去,姚敏说好的,就写上去吧。大家拿的是报纸,那个时候大家都穷光蛋啊,没钱的,大家就用报纸来写歌的,正正式式的歌谱没有的,哪里来的歌谱。所以现在人家问我们借歌谱,没有的,一张都没有。姚敏也没有的。那个时候百代公司没人知道的,后来那些歌星都来了才慢慢为人所知,那个时候"时代曲"没人听的,都听广东曲。那个时候的格兰咖啡馆都是一些电影圈人士聚会的地方,大家都没有写字间,相约了在咖啡馆里碰头。那个时候写一首歌大概20元,算不错了。姚敏喝酒太多,倒在地上,一下子就过去了。所以他对格兰咖啡馆印象特别深刻。

"我是1952年端午左右来香港的。两三个月以后他才来。住在导演屠光启的家里,在钻石山上。他照顾我们很多的。那个时候大家都困难嘛,像难民一样。"

我们这边与夫人说得热络,陈蝶衣就去了里间。一会儿出来,拿了一个小本子道:"姚莉的电话以前有的,现在找不到了。"一副古道热肠。

问:"有那个年代的照片吗?"

夫人拿相册出来,一页一页看过去。看到20世纪80年代照的全家福,陈蝶衣手指着上海交响乐团的指挥陈燮阳道:"他是我的大儿子陈燮阳。"语气里充满了自豪。

陈蝶衣（右）与长子陈燮阳

　　夫人赶紧说："我们一有机会，就与他联系，他不能来，我们在广州见面的。你看，这是见面时拍的照片。我们真的很不容易。"

　　夫人这样说是有原因的。

　　在陈燮阳从小的记忆中，父亲只是一个"偶尔"出现的人，不和他住在一起。陈燮阳的生活中只有母亲、姐姐和外公外婆。父亲即使来看他，也是没有话的。

　　父亲独自住在外面。

　　陈燮阳10岁时，知道父亲原来不是一个人住，和父亲住在一起的还有一个陌生的女人。这个陌生的女人后来成了陈蝶衣的妻子。对父亲，陈燮阳没有任何感情可言，如果有，那也是恨，这恨是来自母亲的，母亲是他最亲的人，母亲的恨也是他的恨，那种俄狄浦斯情结

　　母亲一直闷闷不乐，丈夫与别的女人在外同居，她怎能欢颜？父母婚姻的不幸，让陈燮阳过早地体会了世态的炎凉，但

在母亲身边的日子仍然是他一辈子无法割舍的美好回忆。母亲朱铭庆出身于书香门第，是琴棋书画样样精通的才女，还画得一手好丹青，20 世纪 30 年代曾同当时上海的四大才女一起举办过画展。在陈燮阳的印象中，母亲漂亮而温柔，且多才多艺，如此的上海闺秀为何还是留不住父亲的心呢？

少年不识愁滋味，陈燮阳百思不得其解。

陈蝶衣是上海滩颇有名气的才子，不仅创作歌词，还是《明星日报》《万象》杂志的元老，在上海的报界、音乐界、电影界都有相当的地位。照理说，父亲跟母亲应该是天造地设的佳偶，陈燮阳的外公、外婆、祖父、祖母亦以为门当户对，两人应该举案齐眉。不曾料到，陈蝶衣年轻气盛，且受了五四新文化影响，不满包办的婚姻，让祖父、祖母的心意落了空。也因为叛逆，陈蝶衣对婚前从未谋面的女子，天然有一种排斥。他离家，投向了另一个女人的怀抱。

一个好端端的女子，就这样无辜地被蹉跎。

郁郁寡欢的母亲在 39 岁时因为癌症过世，那时陈燮阳只有 12 岁。他一直记得母亲去世前的那段日子：母亲时常望着窗外发呆，然后静静地流泪。母亲的死，让他对父亲的怨又增添了一分，如果父亲在，母亲怎么可能那么早地离去？

有一天，陌生的父亲突然带他回了常州武进县祖父、祖母的家里。父亲也没作什么特别的交代，好像只说了叫他好好念书之类的话，就走了。

父子一别 30 年。

成长的路上，父亲是缺席者。

父亲离开后，再也没音讯。跟着年事已高的祖父、祖母，陈燮阳感觉自己就像一个孤儿。尤其是在乡下，连个像样的学校也没有。

在常州武进县读书的陈燮阳，对音乐有天生的敏感。他看到邻居家墙上挂着一把破京胡，就借来把玩。玩上了手，就不舍得放开了。

为了能有自己的琴，他与小伙伴一起去抓蛇，把蛇皮剥下包在京胡上，没有马尾，就弄来牛尾巴做琴弓。在知了叫着的大树下，陈燮阳在琴弦上，靠着耳朵，硬是把一个个音拉了出来，并且越拉越成调。

二胡成了陈燮阳生活中最重要的依托。

1953 年的夏天，姐姐在报纸上看到中央音乐学院华东分院附属中学（上海音乐学院附中的前身）的招生信息，尤其是"学校提供学费和助学金"的字句，让姐姐的眼睛一亮。

陈燮阳乘车去南京，由姐姐陪着，一起到上海报名投考。

一件祖母做的白布汗衫，一把二胡，在武进县街上新剃了一个农村头，14 岁的陈燮阳走上了他的赶考之路。

姐弟两人来到上海音乐学院附属中学招生处，仔细阅读招生简章，心就凉了。招生简章里明明白白地写着招生对象是小学毕业生，而姐姐错看为是中学招生。陈燮阳已经读初二了，学校不同意他报考。姐姐急得眼泪都掉下来了，再三地恳求："给他一个机会吧，请老师听他拉拉，哪怕不录取，听听也好！"

招生老师不忍心看到远道而来的姐弟俩失望，同意破格进行面试。陈燮阳先用二胡拉了《二狼山》，又唱了一段《歌唱井冈山》，他的乐感和音乐表现，让老师喜上眉梢。几位老师一致同意给陈燮阳一张准考证,编号为"特1号"。在通过了文化考试后,陈燮阳如愿被上海音乐学院附中录取了,从此正式走进了音乐殿堂。

进得学校,陈燮阳觉得到了天堂。学校里吃的第一顿饭他至今记得清清楚楚:一碗萝卜红烧肉。那顿香喷喷的饭,陈燮阳一辈子都忘不掉。

陈燮阳知道能有这样的念书机会不易,他很珍惜。礼拜六,同学们回家,陈燮阳他懂事,哪儿也不去,就在学校练琴、听唱片,他比谁都学得刻苦。

在附中的7年里,除了姐姐、姐夫偶尔来看他,他没有再见过一个亲人,学校就成了他的家,他学会了忍耐,忍耐没有亲人的孤单,忍耐生活的艰难。

一次,姐夫到上海出差,看到陈燮阳的球鞋破了一个大窟窿,寒冬里,脚趾冻得通红。姐夫鼻子一酸,把自己的鞋子脱下来给了陈燮阳。

成名的陈燮阳到香港,见到父亲、继母清贫的生活,互相依偎的恩爱,突然就把心中多年的纠结放下了,他终于明白,在特殊的政治背景下作为人,单仅仅活着,就是一件很不容易的事情了。

人太脆弱了。

生活太脆弱了。

情感太脆弱了。

都是易碎的东西,一定是要小心把持和呵护的。

我问陈蝶衣:"想念上海吗?"

他道:"以前的事情不记得了。上海小笼包子还记得的。"陈蝶衣像老小孩一样,脸颊粉红色,无邪的笑意含在嘴角边。

夫人看着,不知是喜还是悲,一半嗔怪一半心疼道:"你看看他100岁像吗?9月份足100岁了。现在有点糊涂了。喜欢的东西都不舍得扔。他从来不虚荣的。上次陈燮阳一个朋友来看他,回去以后说你爸爸没一样东西值钱的。他不抽烟不喝酒,来了香港几十年了,沙田什么的地方都没去过,海洋公园也没去过的。香港麦当劳,为65岁以上的老人免费提供饮料。他每天去麦当劳两次,看报纸,喝咖啡。回家吃粥。生活很简单的。"

这样说着,就指着家里一摞一摞的塑料小凳子:"看,这些东西,都是外地来的人到香港讨生活,摆地摊卖,陈蝶衣心软,觉得他们作孽,就去买。每天去买。我们家快变成地摊了。"

知道夫人在数落自己,陈蝶衣乖巧在一旁。

我们提议拍照。

夫人坚决不肯入照。一迭声地说:"我是很普通的,我不是名人,我不拍照片的。"

陈蝶衣拉我们到一壁墙前。墙上有一幅字,上书"蝶巢",落款张大千。

记得那天在陈蝶衣家,妻子抱怨:"我是类风湿关节炎,发作起来,不能走路。陈蝶衣根本不会照顾人,我去厕所,只能在地下爬过去。我也80多岁了,天天要照顾他,真的很辛苦的。"

仿旧制小说,写到结尾,必是"看官道"。

看官道:对于一些人来说,他们无法选择居住的城市,无法选择自己的生活方式,城市是家乡,也是异乡,甚至简单到只是一个苟且的地方,遑论奢谈什么终极?

陈蝶衣的过往

陈蝶衣,原名陈哲勋,作为一代词作家、电影剧作家,他除了3 000多首歌词作品外还有多部剧本,在香港既编报刊,又写专栏,也写电影剧本。先是《小凤仙》正续集,后是《秋瑾》,都由影星李丽华主演。还有《红楼梦》《桃花江》等等。50年写作盘点,计有:歌剧剧本《梁祝》、弹词《香妃》、长篇小说《银幕外史》、三卷体诗词集《花寰诗叶》,以及《香港影坛秘史》《陈蝶衣剧作集》等。

陈蝶衣1908年生于江苏武进县。他回忆道:"我父亲是前清的秀才。考中了秀才不久清朝就没了,状元是没法考了。在家乡教了几年书后去了上海。应聘《新闻报》的书记员。我们全家也从故乡搬到了上海。"

陈蝶衣念国中时,每逢星期天,他便到报社帮忙父亲的抄写工作。结果亦被报社推广部负责人看中,跟他讲:"你这小孩子字倒写得不错嘛,你来报社做练习生吧。"

陈蝶衣15岁辍学进了上海《新闻报》做练习生,由于他在报馆中年纪最小,大家都叫他小弟弟,"蝶衣"在上海话里就近似"弟"字的拖音。当时"鸳鸯蝴蝶派"的小说在上海很流行,他看了小说《蝶衣金粉》,于是就以蝶衣作为他的笔名了。20岁调编辑部做校对时,他开始了写作。虽然中学未毕业,但却博览群书,写得一手好字好文章。在20世纪三四十年代陈蝶衣已享誉上海滩的文艺界。早年在上海跟韩菁清、冯凤三几

位好友结拜为洋场八仙。音乐家陈钢回忆当年他的父亲陈歌
辛、陈燮阳的父亲陈蝶衣、乐胜利的父亲乐小英常聚在兰心大
戏院，他们的作品也在那里上演。陈蝶衣、姚敏、姚莉组合又被
称为"铁三角"。2000年陈蝶衣到上海来参加他"女儿的女儿"
出阁大礼时，曾与旧日好友秦绿枝、吴崇文等有过一次闲聊。
蝶老说出他多年来的一段隐情：他的创作开始于太平洋战争，
其时上海连孤岛的地位也保不住，政治低气压，令文人难以呼
吸。他发觉在一些所谓"靡靡之音"的歌曲中，竟也有别含深
意、借歌抒发爱国之心的作品。如有一首《不变的心》，说的是
一位远走他乡的爱人思念故土和情人的深情，"你就是远得像
星，小得像萤"，"在我的心中依然有着你的踪影"，"一切都能
改变，变不了是我的心"，这其实是在沦陷区，用一种曲折隐晦
的、让敌人不易觉察的方式表达国人的心迹。于是他也开始为
流行歌曲写词。一写就是"词三千"，作品十分丰盛。

陈蝶衣与姚莉

一天,蝶老正在《万象》编辑部,电影导演方沛霖拿了一个电影脚本来找他,说:"请你看看,有没有可以配两首歌曲的地方。"

蝶老一看脚本的名字《倾国倾城》,立即对方沛霖说:"老兄,现在是什么时候,既不能倾国,也不能倾城啊!"

方沛霖听了大为震动,道:"这倒没有考虑,我拿回去改。"

过了两天,改回来了,叫《凤凰于飞》。蝶老这回同意执笔。主题曲中有这样的句子:"像凤凰于飞在云霄,一样的逍遥,一样的轻飘。"字面下的用意是,虽然身陷敌窟之中,心却飞得远远的,与祖国的亲人相会合。

秦绿枝后来在一篇文章中回忆说:"那天蝶老谈到这里的时候,声音也有点凄楚了。"

1933年,陈蝶衣与社会名流冯梦云、毛子佩等联合策划发起了第一届"电影皇后"评选活动。

"电影皇后"选举活动的进展使组织者感到意外。起初,选举活动并未引起人们的注意,半个月后,《明星日报》不惜篇幅,每日将选举票数、投票人及被选举人的姓名公诸报端,迅即引起了电影界和广大市民的普遍关注,投票数与日俱增。而且,当时的投票者,不限于上海一隅,除沦陷的东北三省外,全国各地都有读者投票,就连日本神户也有投票者。除了个人外,团体、文化机构、海上闻人也踊跃投票。因为竞争激烈,伪造的选举票也出现了。

1933年2月28日,《明星日报》邀请了上海各界名流参加选举揭晓。当时共收到选票数万张。揭票结果,明星公司的胡蝶以 21 334 票遥遥领先,当选为首届"电影皇后",第二、三名为陈玉梅、阮玲玉,分别得 10 028 票和 7 290 票。

1941 年 6 月,陈蝶衣应好友平襟亚之邀,参与创办并担任主编《万象》杂志。

中国老牌名刊《万象》是一本综合性的通俗文学刊物,发行人平襟亚(琼瑶的叔公)原是个小学教师,在担任世界书局编辑以后,开始走上文学道路,创作了《民国三百奇案》《江湖卅六侠客》《上海大观园》等许多武侠、传奇小说,笔名秋翁,别号襟霞阁主。他既写文章,也做生意,在福州路昼锦里附近一条小弄堂里租了一幢双开间门面的石库门房子,店堂间开了一家中央书店,出版自编的《上海门径》之类的书,颇赚了点钱,于是又开动脑筋办起万象书屋,出版《万象》月刊。

《万象》编辑部设在楼上厢房,隔着一道门就是平襟亚夫妇的卧室。他请陈蝶衣担任《万象》主编。由于平襟亚和陈蝶衣均与鸳鸯蝴蝶派关系密切,许多名流如程小青、范烟桥、周瘦鹃、傅雷、张恨水、包天笑、徐卓呆等均被罗致其中。

《万象》除发表通俗文学作品外,也发表不少大学生的文艺创作,商业性、趣味性极浓,正好给处于铁蹄之下极端苦闷的上海小市民消遣解闷。据说主编与发行人合作之初,曾有过君子协定,彼此分享经济利益。而结果是,期刊的销售越佳,双方的矛盾也就越来越尖锐。最后,陈蝶衣拂袖而去。平襟亚急得双脚直跳,四处托人寻找编辑高手,后来在"江南第一支笔"唐大郎的介绍下,终于聘得柯灵继续主编《万象》

杂志。

1952年,陈蝶衣移居香港。

1961年,陈蝶衣为邵氏公司编写了黄梅调电影《红楼梦》的剧本,由袁秋枫导演,古典美人乐蒂演林黛玉,任洁反串贾宝玉,丁红演薛宝钗,红极一时,以至于后来邵氏多次想重拍这部《红楼梦》。电懋公司也想拍《红楼梦》,这样,就有了张爱玲居留香港写剧本《红楼梦》,写到眼睛出血的心酸。

陈蝶衣在香港主要的工作还是写歌词。几十年来,陈蝶衣成就了几代歌手,他创作的《南屏晚钟》《诉衷情》《我有一段情》《情人的眼泪》《春风吻上我的脸》《凤凰于飞》等歌曲经几代人传唱,已经被公认为经典华语流行歌曲。

1996年,陈蝶衣获得香港创作人协会终身成就奖。

2007年10月15日下午,我在陈钢先生的琴房,一起商量出版陈歌辛精选唱片的事宜。太阳照在彩色玻璃上,像一只巨型的蝴蝶。电话铃响,陈钢先生拿起电话,脸色一点一点黯淡下去。是陈燮阳的电话,说父亲陈蝶衣往生。

陈蝶衣终于没有等到100岁的生日蛋糕。

上海色拉
——潘迪华

　　李安拍根据张爱玲的小说改编的电影时,去找潘迪华,请
她帮忙指导女演员,希望演员们在胶带前能够展示出上海女
人的味道。潘迪华先是推托:"味道这种东西是训练不出来
的,是一个人在一个环境里,一点一点泡出来的。"

　　李安道:"我知道你说得很对,但是现在不做这样的事情,
以后就更加不可能做到了。能够拍出多少就多少,尽力啦。
我们都是爱上海的。"

　　一番话,把潘迪华的眼泪都说出来。潘迪华放下正在吃
着的绍兴醉鸡,一个手指头点过去道:"好,我尽力而为。"

　　演员到了潘迪华家里,叫她潘老师,她说:"勿要勿要,做
老师是有责任的,还是叫我潘姐姐吧。"

　　一场搓麻将的戏,拍了4个多小时。潘迪华的10个手指
头里全是表情,丰富得不得了,直把李安看得呆掉。拿了这卷

胶带回剧组,对一干演员道:"来,一起学习潘姐搓麻将。"几局麻将,潘迪华输钱了。她笑道:"李安导演,你欠我的,请记账!"

潘迪华这个女人,但凡是做与上海有关的事情,贴钱也是肯的。

那年初春,在澳门开演唱会,她给演出取名为"上海啊,上海"。选来选去,自然绕不过上海的老歌,诸如《永远的微笑》《四季歌》《夜来香》。潘迪华执意用香港的乐队,觉得那一班乐队能够做出上海的味道。对方希望用当地的乐队,节约开销。讨价还价,最后的折衷办法是,潘迪华少拿佣金,省下的那一部分,请自己中意的香港乐队。

潘迪华道:"钱谁都要的,但有的时候,宁可不要。我老了,我的日子是要计算着过的,不可以有浪费的。要做,就要做到最好。"

舞台的对白全是自己操刀。一首《四季歌》按照春夏秋冬的心情,一幕一幕写下来,就变成了一个精致的音乐剧。演的时候,国语、广东话、英语、上海话穿插着运用,因为是她,这样的混杂,没有夹生,却是多了许多上海五方杂处的气息,直把台下的人听得陷落下去,欲罢不能。一如上海人的色拉,里面有法国的元素、俄国贵族的元素、本土的元素,最后,成就了一碗独特的上海色拉。

她与导演王家卫有缘,上海缘。

电影《阿飞正传》,潘迪华演张国荣的养母——一个曾经繁华过的女人,一个想摆脱苦难而苦难却更加深重的女人。在戏中,她可以把脸部做成伤感的寓言;在一支烟里,她可以抽出风尘和恍惚。她是配角,但出了电影院,人们记住的是潘迪华。她一出场,浑身上下都是戏。所以,她得了"金马奖"。

潘迪华《阿飞正传》剧照

这就要说到电影《花样年华》了。

导演王家卫,5岁的时候随母亲从上海搬到香港。父亲是海员,常年不在家,王家卫是在母亲身边长大的。母亲爱看电影,于是,王家卫的童年就在电影院里度过了。

回忆个人历史,母亲是历史的背景,越过滤,越清晰。

与母亲生活在一起的年代是温存的,旧街、小巷、面摊、测字先生,色彩含蓄的领带和风情莫测的旗袍,以及香港上海总会里还说着苏州上海话的男男女女。

先前,《花样年华》里,没有上海籍房东这个角色。

电影已经拍了8个月了。一日,潘迪华去看电影,正好遇见王家卫也在那里。此时,距离拍摄《阿飞正传》已经9年。王家卫见到潘迪华,那叫一个惊讶。9年了,潘姐依然风情绰约,滋味俱全。一口上海话,比如评弹说书,激活了王家卫的有限的上海记忆。电影散场,彼此寒暄过,就道别了。潘迪华刚刚到了家里,王家卫的电话便追了过来,说要加戏,定规要把潘迪华做成一个角色放在电影里。

王家卫在潘迪华身上看见了过去年代的影子、母亲的影子。当然,潘迪华还不止这些。在她的身上,有租界的味道、洋场的味道、明星的味道、女人的味道和沧桑的味道。

王家卫选潘迪华来演 20 世纪 50 年代移居香港的上海人,是一种气质的契合。潘迪华的眉梢轻轻地一扬,就抖落下满地的碎屑,仔细看去,每一片上,都写着旧日的风情。

第一次去香港见她,是 1990 年,她刚从泰国演出回来。

我拿着地址,坐着有轨电车,在跑马地站下来,上一个坡道,但见一排古风洋装的公寓。

那时分,正是黄昏,太阳呈现出一种夕阳的美,风中多了一丝凉意。潘迪华倚在落地长窗前等我,她衣着的颜色和屋子里的光线,譬如纽约 20 世纪 20 年代的油画。最初一刻,仿佛是一台布景。

她招呼女佣泡红茶,摆干果,英语中夹杂着上海口音。

潘迪华上海出生,上海长大,祖屋在常熟路的上海歌剧院隔壁。20 世纪 40 年代末,觉得家庭气氛太压抑,也是胆子大,随一些明星去香港拍电影。拍来拍去,不见有红起来的迹象。女孩子,长得好看,有人求婚,也就嫁了。

遇人不淑,是许多美丽女人的命数。日子有些过不下去了,挨了一段时日,并不见好转,也无甚转机,潘迪华当断即断。

没有了家的依托,潘迪华的生命拐杖就是演艺事业了。

29 岁,潘迪华去伦敦学习欧美流行歌曲。没有钱,房子租在铁路边上。每天,冒黑烟的火车按班次定时驶过,两旁低矮的旧砖房跳起舞来。然而,这已经惊动不了屋子里面的人了,她太累了。

冬天的伦敦,又冷又湿,潘迪华撑着伞,换 3 趟车,去老师那里学艺。那时候,苦是顾不得的,只觉得是一列脱离了固定轨道的火车,无从选择,也来不及思索要去哪里,只知道向前滑去。

然后就是 20 世纪 60 年代了,潘迪华的欧美民歌和她沉郁的声线,让她红了一遍又一遍——那是潘迪华的花样年华。

美人也是会老的,无可奈何地老去了。

潘迪华像林中的灵狐,等待着。有了《阿飞正传》,又有了《花样年华》。她在《花样年华》中演一个房东,几句上海话,一点小感觉,十分简练地勾勒出了一个世故的上海女人的样子。

那天说起要去拜见老上海著名报人、词作者陈蝶衣。

陈蝶衣住在粉岭,我们住在尖沙咀,如果坐地铁,来来回回,要中转四次。潘迪华道:"这样做法,钞票倒是省了,不过蛮费时间也蛮吃力的。我建议你们坐计程车去,车行那边我有熟人,给你们打一个大一点的折扣。有的时候,看起来省了,其实是不值得的。不要浪费,也不要没有理智地节约。"说着,她就拿起电话,与车行方面讲定了价钱和上车地点。放下电话,她又补一句:"如果你们愿意搭地铁,车行那边可以取消的。"

曾经在后台看潘迪华穿巴黎买来的镂空长丝袜。她戴起手套，一寸一寸地把丝袜拎起来，提上去，还收着小腹，屏住呼吸，终于穿妥了，长嘘一口气道："我一双丝袜可以穿一个季节，就是因为我比较晓得它的穿法。"

想起中学年代，去同学家。花园弄堂的后门，厨房间里，一块烫衣板，一条蓝色卡其布裤子硬是要烫得笔挺才肯穿了去上学。我每天去那里等她，每天看她在那里耐心地熨裤子。完了，还要用尼龙刷子，沾了牙粉，把鞋面上的白色滚边刷出一个纤毫不染。上海女人的腔调，是在悠长的日子里孵出来的。

那年到上海为《花样年华》作宣传，张曼玉和梁朝伟都走了，潘迪华还留着，她要过过说上海话、吃上海菜的瘾。

我们去一家小饭店吃饭——炒螺蛳、清炒河虾仁、糯米粉蒸肉。潘迪华索性舍弃筷子，用手指头捏着吃。她说，用手吃更加有味道。她自己吃，也给身边的人派菜，殷勤地劝："吃呀吃呀，不要客气！"虾油卤螃蟹端上来，她的眼睛亮起来，伸出筷子，又停在半空里，道："照规矩，我是不可以吃螃蟹的。"收回筷子，又有些不情愿，自说自话道："不过不吃蛮可惜的，还是吃一块好了。"众人也附和，她就真的吃了一块，然后，又吃了一块。吃完，意犹未尽，说："吃不掉打包，不要浪费。"

我和她相约，农历年，去香港浅水湾喝下午茶。她很兴奋，连连说好，又说，那里变了很多了。20世纪50年代，她在那里住过，照相册里有那个年代的照片。农历年初四，我如约到香港，打电话给她，她不在。她的儿子说，母亲禁不住朋友请，去美国演出了。

2007年初夏，想约潘迪华出来饮茶，她说："不要了，还是到我家里来，我可以给你听歌。"

那时，她已经从跑马地搬到何文田山道。

客厅里，罗马帘半掩在那里，沙发上铺了从非洲带回来的毯子，绚烂得不得了。她放她的演出录像给我们看。我们是看客，她却入了戏，看着看着，热泪盈眶，与她说话，亦是前言不搭后语，全然沉浸在自己的世界里。

潘迪华留饭，道："自己人，不讲究的，吃点上海口味的小菜。"

菲佣来摆桌子，潘迪华远远一瞥，不满意，懒得说，自己过去重新安排。饭菜端了来，卤牛肉、咸白菜炒虾米、荠菜馄饨，很家常的食物，因水晶吊灯的照耀，都金贵起来。这就说起20世纪80年代，在上海她的老房子里，把窗帘拉起来，他的弟弟潘胜华弹琴，我们一起听邓丽君，听戴安娜·罗斯。夜宵是泡饭、笋尖拌开洋、黄鱼鲞烧肉、蟹糊蒸蛋。

潘姐姐说，等她再老一些，她要到上海来做"寓公"，然后，在电台主持一档《流金岁月》的节目。

2015年的小年夜，与电视台著名主持人曹可凡在静安寺吃点心。上海红烧肉端上来的时候，我们想起了潘姐姐，当下拨通了她的电话。电话那头，潘姐姐激动得不得了，因为被人惦记。她一再说，能接续民国和现在的歌星，仅仅剩她一人了，她有了使命感和紧迫感，可是，她不知道为此她还可以做些什么。我说，什么也不需要做，好好地、不紧不慢地活着，优雅地活着，便是一切了。

灵异的蝴蝶

——李香兰

张学友在演唱会上唱《李香兰》:

恼春风　我心因何恼春风

说不出　借酒相送

夜雨浓　雨点透射到照片中

回头似是梦　无法弹动

迷住凝望你　褪色照片中

啊……

像花虽未红　如冰虽不冻

却像有无数说话

可惜我听不懂

啊……

是杯酒渐浓　或我心真空

何以感震动

照片中　那可以投照片中

盼找到　时间裂缝

夜放纵　告知我难寻你芳踪

回头也是梦　仍似被动

逃避凝望你　仍深印脑中

啊……

舞台上,张学友深情款款,迤逦妖媚,那种颓废,居然有张国荣的风骨。

在母亲一辈人的嘴里,在老上海的历史中,李香兰一向是一个传说。美女、歌手、电影明星、间谍,错综复杂,扑朔迷离。

她的美丽注定了她一生的跌宕。

读张爱玲最后写的书《对照记》,不期然间,读到李香兰。

1944 年 7 月 2 日,傍晚,太阳落了下去,天还是亮着的,飘了几朵云,犹如一幅闲笔的水彩。院子里摆了椅子、桌子,有茶、咖啡。主人金雄白特地去院子后面的地里摘了一些玉蜀黍来,因知道明星李香兰属意这类食物。张爱玲也被请来当贵宾。她用祖母留下的一床被面,按照闺蜜炎樱的设计,做了一件连衣裙,米色薄绸上散淡墨点,隐着暗紫凤凰,比如穿了故宫的一幅古画在身上。李香兰那个时候正处于演艺的鼎盛期。不知是谁提议合影,一番忙碌后,发现张爱玲太高,有一种飘零隔世之感,就有人搬来一张椅子,请张爱玲入座,李香兰则侧立一旁。

作曲家陈钢先生说,李香兰很美,也很娇小。

张爱玲搬家次数太多，平日也丢三落四，幸存照片都收入在《对照记》里。与李香兰的合影没有被遗失，应该是珍视的。1944年，张爱玲已经红起来，又自诩皇族，到处有人请，她也乐得去。每次现身，一概的改良的清朝大礼服，惹得人人朝她行注目礼，这样的情景，令她一向的荒漠的神情里也有了一些小小的自负。

张爱玲曾说："我听她（李香兰）唱的歌，总好像她不是一个人，倒是一个仙女。"

学者夏志清对张爱玲选这张照片入集子很不以为然，道："其实她同李香兰非亲非友，二人合照实无必要放在书内。"

李香兰本姓山口，祖籍日本佐贺县杵岛郡北方村。父亲山口文雄于1906年来到中国东北，在"满铁"所属的抚顺煤矿任职。1920年2月12日，李香兰出生于沈阳市东郊的北烟台

在北京上学时代，李香兰与父亲山口文雄

（今属辽宁省灯塔市），取名山口淑子。1933 年因其父的关系认奉天银行经理李际春为义父，取名李香兰。1934 年山口文雄在北平结识了华北亲日派人物潘毓桂，李香兰认其为义父，改名潘淑华。

1937 年李香兰毕业于北平翊教女子学院。由于在电台所演唱的中国歌曲轰动一时，被"满映"发现。

1938 年 6 月，李香兰被聘为"满映"特邀演员。

1938 年至 1940 年，相继拍摄了《蜜月快车》《富贵春梦》等影片，这几部影片在政治上宣传"五族协和"，是赤裸裸的宣传品。李香兰在拍摄这些影片时，只是现场由导演摆布行事。但由于李香兰天资聪慧，形象出众，这几部影片很快使她走红。

日本战败后李香兰以"汉奸罪"被判死刑。后因户口簿日本人的身份得到承认，被国民党政府无罪释放，1946 年 2 月回到日本。

我们的戏码就从这一段开始：

法庭上，法官问："你知道你是谁？"

"我是李香兰。"坚定但辛酸的声音，在法庭中回荡。

在这时，她已是一个落网受审讯的汉奸了，任何人也不把她放在眼里。过去的耀眼的岁月，一个女子，在两个国家之间，做过的一切，到头来都是"错"！

要认"罪"？

法官出示一大叠相片，一张一张展现在她的眼前。法官读出名字：

"现在，你认认这几个人……"

半生经历过的男男女女,原来那么厚!

末路的李香兰,身陷囹圄,证据确凿。可是她不想死,她还年轻,她要尽力抓住一线生机。

她一口咬定她是日本人。

法官道:"你提出证据来。"

李香兰道:"有,我希望你们快点向我亲生父亲处取我户籍证明文件,要它证明我是日本人。"

证明文件一到,李香兰便不是汉奸,大约可以得到自由,至少可以免除死罪。

她把全盘希望寄托在此了。她依然害怕,时间来得及吗?

李香兰被押回牢房去。

小洞穴里送来菜汤,非常粗糙。李香兰接过,蹲下来,把馒头咬了一口,又冷又硬。与昔日舒适生活相比,简直是天渊之别。

但她仍满怀希望地望向铁窗外,她见不到天空。

不知是谁的广播,在播放一首歌《何日君再来》。

何日君再来?

李香兰闭上眼睛,自己唱过的歌是自己的镇痛剂。

"李香兰小姐!"

她听到有人喊她。

张开眼睛,是有人送来一只长方形的木盒,里面有一份山口家的户籍副本。

李香兰深吸一口气,把户籍副本打开,一行一行,飞快地看了一遍,旋即又回到开端,从头再看一遍。

户籍副本证明她是山口淑子,是日本人。

她捧着文件，直到双手僵硬。户籍副本救她回人间。

关于"满映"时期的有关问题，现居长春的电影史学家、"满映"专家胡昶老先生说，李香兰是在中国出生的日本人，我们后来找到她的户口簿，证明她确实是日本人。日本战败后，她被国民政府以"汉奸罪"起诉，后因证实她是日本人而被无罪释放，这是 1946 年的 2 月。

同年烟花三月，李香兰被遣返日本。

过年了，她捧着红豆福饼，心里却是上海的影像，过去的时光，过去的，美好的，欲罢不能的……

她坐在百代唱片公司的休息室里，从字纸篓里捡起黎锦光先生写的《夜来香》，觉得美得不得了，没有人可以把高音唱上去，她能，那支歌就归属她了。她的曾经……

好花不常开，

好景不常在，

愁堆解笑眉，

泪洒相思带。

今宵离别后，

何日君再来？

喝完了这杯，

请进点小菜，

人生能得几回醉，

不欢更何待……

中间有念白的："来来来，喝完了这杯再说吧！"

李香兰缓缓地和唱着：

> 今宵离别后，
> 何日君再来？

低语沉潜，乱了浮生。

1947年，李香兰恢复本名山口淑子，重回日本演艺界，并一度活跃在好莱坞。李香兰在美国时，同雕刻家 NoguchiIsamu 结婚，又闪电离婚。1959年与日本外交官大鹰弘再婚，中止了演艺人生。此后李香兰投身政界，1974年当选为参议院议员，连任三届，为日本的外交事业奔波世界各地。

1978年李香兰曾以政治家、友好人士的身份来华访问，她对自己在中国曾经出演的"伪满"电影十分懊悔，真诚自省。

1992年李香兰重访北京老家

当时访问的行程里有上海、大庆、哈尔滨及长春。行前她有很大顾虑，担心不受欢迎。到了长春，当时"满映"的几个熟人热情地接待了她，她深深鞠躬，称自己是"有罪的人"。中日建交之后，她对于中国极尽友好支持的态度。

20 世纪 80 年代，李香兰特地邀请黎锦光先生访问日本，执了黎锦光先生的手一起演唱《夜来香》。

作曲家陈钢先生的琴房里，有一壁的照片，其中有李香兰重回上海时的留影，美艳在脸上，还有明星气息在眉宇间。

往事已成空，还如一梦中。

2007 年上海国际爵士周，日本 BossaNova 女王小野丽莎出场首演。一袭浅玫瑰衣裙，一把吉他。小野丽莎出生于巴西，这是她第一次来上海，但对于中国，小野丽莎有一种特殊的情感，"因为我父亲出生在中国台湾"。演出到最后时刻，舞台监督与她耳语，小野丽莎重新回到座椅上，拿起吉他，《夜来香》的旋律在午后的阳光下流泻出来，只一句，台下已经沸腾，人们涌到台口，在小野丽莎的指引下，击掌唱和。我不禁伸长脖颈，向台口望去，意念里，望见李香兰，踩着《夜来香》曲调，一步三摇走上来……

附

录

地点：上海音乐学院贺绿汀音乐厅

淳子：最近几年，我总是痴迷于上海的海派文化，并且对上海，好像对一个情人一样，永远有孜孜不倦、无怨无悔的追逐。今天，我和陈钢先生将一一道来，用不同的方式来描述我们对出生、成长的这块土地的迷恋。

老歌活在影视里

陈钢：今天是很有意义的日子。因为今年正好是我们上海老歌、中国流行歌曲诞生80周年。我们在这里举行这么一个讲座，就是为了纪念这个特别的日子。前几年我编了一本书，叫《上海老歌名典》。编好后我曾征求"词圣"陈蝶衣老先生对书名的意见，他说，他不同意这个"老"字，因为"老歌不老，永葆青春"。我说我和您的意思一个样，也就是说"老歌老歌,老是老不了"。它老是传到人们的耳中,留在人们的心里。

淳子: 最近几天,热播李安导演根据张爱玲同名小说《色·戒》拍摄的电影,其中有一段特别动人的情景,选用的就是一首上海的老歌《天涯歌女》,借此表现男女主人公当时的关系。他们是敌对的关系。然而就是因为中间演唱的这首歌,两个敌人在这首歌里,忽然一下子看到了自己的悲哀结局,于是动了真情。

王家卫的《花样年华》很多人一定看过,这部电影就是源自于上海的一首老歌,周璇演唱的《花样的年华》。还有张艺谋导演、巩俐主演的一部电影中,巩俐也演唱了一首上海的老歌《夜上海》。这两首歌,都是陈钢的父亲陈歌辛写的。

我们发现,无论是国内还是国外的导演,但凡他们要表现上海,都会情不自禁地挑一首上海老歌。

曾有人把上海的老歌定位成这样一个词"时代曲"。这个词说得太好了。陈蝶衣把流行歌曲称为"时代曲",因为它总是和我们的生活,特别是市民的生活勾连得那么紧。又因为大部分上海老歌,歌颂的几乎都是真善美,都是人性中最美好的那一部分。所以,陈钢老师会说,老歌不老,并且没有消失,一直在我们的耳边回来荡去。

老歌长留记忆中

陈钢: 老歌不老,的确有很多的故事。淳子讲这段故事之前,我再插一段故事。陈蝶衣先生在100岁之前3天去世,淳子在不久前曾采访过他，留下了他的绝响。

淳子：我采访陈蝶衣先生的时候，他很多事情都已经忘了，已经很老很老了。我问他，当年最得意的事情、最动情的事情是什么？这些他都不知道了。但当我问到上海老歌的时候，他马上冲口而出，"记得的，记得的，我和陈歌辛先生合作，《凤凰于飞》"。并且他马上把这个旋律唱出来了。可见，上海老歌给他留下了多么深刻的印象。当时我们要和他拍照，他就把我们拉到他家门口。当时我觉得奇怪，因为那里光线并不是特别好。照片拍下来了，等到回来我看的时候，忽然醒悟到为什么他要把我们拉到门口去，原来门口的墙上挂着一幅字"蝶巢"，这个字是著名的艺术家张大千先生写的。所以，陈蝶衣心中最忘不了的，是和上海老歌有关的那段记忆。和他说再见的时候，他还用上海话说："我马上要100岁了，侬看我像100岁的人哦？"那种感觉，真的是历历在目。所以我真的蛮庆幸的，在陈蝶衣老先生最后的日子里能够录下他的声音，让我们的老歌继续不老。

陈钢：淳子的这段讲话记录在最近出版的一本书里，书的名字叫《玻璃电台》，大家可以去看。玻璃电台是从前上海新新公司的一个电台，四面是玻璃，象征着开放、透明。我妈妈当年就当过那里的主持人。

淳子：有一次陈钢老师和罗大佑同台演出。也许大家觉得奇怪，他们两个人是不搭界的。正是由于一首老歌《永远的微笑》。罗大佑说他求婚的时候，是唱着《永远的微笑》的。虽然婚姻失败了，但这首歌还在。罗大佑演唱这首歌的时候，陈钢先生又想起了一段往事。

当年周璇能够出名,也就是因为总到玻璃电台里唱歌。姚莉唱红了陈歌辛先生的《玫瑰玫瑰我爱你》。当年她被发现,也是在电台里。那个时候她还是一个14岁的小姑娘。因为她家穷,就去唱歌,唱一首歌2元。后来,她遇到了周璇和她当时的丈夫严华。严华听了她唱歌以后,就觉得这个小姑娘了不起,问她想不想唱歌。当时她怕得不得了。所以赶紧点头,说好。很多的歌星能够出名,就是因为电台。

老上海做玻璃电台,多考验人啊!整个人的形象,是呈现在大家的面前的。无论对衣着、打扮还是对气质,都有相当的考验。陈钢先生的母亲能够成为玻璃电台的播音员,真的是美得不得了。陈歌辛先生觉得自己的妻子金娇丽的微笑像蒙娜丽莎一样,于是就有了《永远的微笑》这首优美的歌曲。

陈钢:台湾的著名作家龙应台,第一次到上海,是住在和平饭店。她对上海的事一无所知,但对上海的老歌了如指掌。有一天,我们在一块吃饭,她不知道我是陈歌辛的儿子。她问我是否知道一首歌——《永远的微笑》?我说我知道,是我爸爸献给我妈妈的。她说:"我小的时候,牵着我妈妈的衣角,走过马路到小菜场的时候,我妈妈就唱这首歌。现在,我妈妈垂垂老矣,她拉着我的衣服过马路时,还唱着那首歌。所以我可以在她的眼角里看到那种幸福的回忆。"

蔷薇处处开,老歌代代新

陈钢:我们刚才讲到陈蝶衣先生的《凤凰于飞》,我讲讲这个故事。

陈蝶衣先生原来是一个老报人。他听到了一首歌《不变的心》，是在抗战的时候，第一句歌词就是"你是我的灵魂，你是我的生命"。听了以后，他非常感动，他说不光听到了男女之情，而且通过男女之情听到了爱国之情。从此以后，他不当报人而成了词人，一生写了3 000多首歌词。而第一首词就是和我父亲合作的《凤凰于飞》。前几年，我和陈燮阳到台北开了一场音乐会，是龙应台请我们开的，题目是《凤凰于飞》，副题是《上海、台北老歌双城记》。那就是说，当上海老歌刚起来的时候，台北也就同时流行了，所以说是"双城记"；而这场音乐会的主题《凤凰于飞》，既是那两个姓陈的老子合作，而后又被两个姓陈的人的儿子在那儿演绎，所以也是"双陈（'城'之谐音）记"。音乐会开得非常成功，开完后又加演了一场。最后，全场一起高唱《玫瑰玫瑰我爱你》。上海的声音为什么会飘得那么远？它开始是飘到香港，衍化成粤语歌曲；后来到了台湾后又发展为他们的校园歌曲。前几年，黄霑亲口对我说，他就是喝着上海老歌的奶长大的。所以，上海老歌的生命力真是很强，源头南迁，现在又回来了。这个源流一直是流动不息的。

淳子：我又想起一段往事来。20世纪40年代的时候，女作家张爱玲站在自己家的阳台，也就是在常德路上的常德公寓阳台上，她听到从百乐门飘来的歌声。这个歌声是《蔷薇处处开》，也是陈歌辛先生写的。20世纪40年代的张爱玲站在自己家的阳台上，内心的感觉是这样的，当时正是战争年代，到处都是生灵涂炭，整个时代好像要毁灭掉。哪里有什么蔷薇玫瑰？她说，偏偏这个女人尖着嗓子，嗲声嗲气地在那里唱着《蔷薇处处开》。那样一个沉沦的年代里，张爱玲觉得，这个歌声给她一种感觉,就是作为一个小市民,她与整个世界的关系,其实人就是一个蚂蚁,作为芸芸众生,她根本没有办法控制世界,甚至在那样的世界,她连自己的命运都不能把握。但这首歌,却给了一个上海的小市民,给了一个普通的人,一种小小的圆满。

20 世纪 80 年代的时候,有一位歌手叫朱逢博。是因为那个时候轻音乐团不景气,她下海开酒家,赚酒家的钱养音乐,每天到自己酒家里唱歌。她每次唱的时候,我都会用非常哀告的口吻对朱老师说,能不能再唱一遍《蔷薇处处开》?其实,我那个时候根本不知道这首歌是源自我们上海的老歌,是 20 世纪 40 年代写作的,也根本不知道这首歌来自陈歌辛先生。当时的感觉,就是太好听了,就是很沉醉的那种感觉。这就是老歌的魅力。

老歌不老,它是城市回声

陈钢:老歌不老,永葆青春。老歌为什么不老?我们知道,流行歌曲常常会变成"流星歌曲",像流星一样,很快就消失了。可是为什么这些老歌已经 80 年了,却还留在人们的心里呢?我想有那么几个原因。

老歌不老的第一个原因,老歌是一个城市的历史回声。上海开埠以后就成为了中国的经济中心和文化中心。政治上,中国共产党诞生在这里。经济上,上海当年的银行比英国还多。讲一个小例子,作家张贤亮曾告诉我,他考察过巴黎的同年代的最高星级的饭店,结果那个洗手间在走廊里,而上海国际饭店的洗手间却是在房间里的。

淳子：我考证张爱玲家的老房子的时候，也就是李鸿章留下来的老宅，上海通电灯跟巴黎同一天。据说比巴黎还早了几小时。可以看出当时上海的现代化程度。

陈钢：上海完全是跟国际接轨的大都会，是中国的文化中心。文学上，有鲁迅、张爱玲。音乐上，第一个交响乐团、音乐学院、爵士乐队，都诞生在这里。百年电影、百年话剧和百年唱片，就更不用说了。这些全是上海海派文化的骄傲！在当时那种情况下，我们就需要一种新的声音，大都会的声音，所以才产生了流行歌曲。流行歌曲完全不同于我们中国几千年来的农耕文明，它需要一种城市的节奏、城市的心态、动态与生态。就像茅盾在《子夜》里用三个字"光、热、能"来表现大都会的形态。像黎锦光先生写的《夜来香》，就是讲的大都会的生活风貌，而这是全然区别于以前的农耕文明的。今年"上海之春国际音乐节"有一台节目，由 8 个法国作曲家写上海，歌颂上海。这是命题作文，我们给的音乐主题是《紫竹调》，而且还要用中国民族乐器演奏。我当时写了一篇文章《满城尽奏〈紫竹调〉》，就是批评这件事的。去年在沪剧、滑稽剧界还曾提出过一个建议，要把《紫竹调》定为上海的市歌。就像白玉兰作为上海的市花一样。可是这时候苏州就提出异议了，说《紫竹调》明明是苏州的小调，怎么可以变成上海的市歌呢？

陈钢：我们从音乐里听到的是一种全新的城市文化。这里我要讲一个小故事。我父亲写的《玫瑰玫瑰我爱你》这首歌，是 20 世纪 40 年代电影《天涯歌女》的主题曲。多年以后被传到美国。题目还是一样的，歌词变了。当时一位很有名的爵士歌手,弗兰克·莱恩,他在唱这首歌时并不知道这是中国的歌曲。1950年他灌了这首歌,1951年就获得了美国流行音乐排行榜的第一名。这个时候他们还猜不到是谁写的。所以出版的谱子上写"作者不明,可能在红色中国"。当时听说有100万美元的稿酬等待着作曲者。可那个时候正在抗美援朝,我父亲听到了这个消息后,一方面很兴奋,一方面也很紧张。当时他立即表了态:假如拿到这笔稿费,马上买一架飞机捐给国家去打美国鬼子。

这首歌说明了一个问题,中国现在唯一一首能够登上世界流行音乐乐坛的歌,充分表现了城市的动态。弗兰克·莱恩唱得更爵士化。我在美国的时候,常常考虑一个问题,就是爵士音乐是黑人的民间音乐,怎么跨过黑人到白人的? 而且从美国可以传到全世界? 它不是一个民族音乐吗? 我们的秧歌,为什么不能到全世界呢? 后来我在美国的高速公路上一走,就恍然大悟了:因为爵士音乐的特点就是动,而20世纪又正好是动的年代,节奏的年代。我们的秧歌,是农耕文明,它很好。但那种进一步、退两步的节奏,却是与时代节奏相悖的。所以,民族音乐一定要在符合现代化、符合时代的节奏时才能发展。我们必须用国际的眼光来看民族文化。老歌为什么不老,就是因为它是时代的声音,是一个城市、大都会的声音。我们中国几千年的农耕文明,到现在还是赵本山文化占主导地位。由此,我们上海就更要珍视我们特有的城市文化。

老歌不老，展示多姿多彩

陈钢：老歌不老的第二个原因，它是多元又多彩的。

上海是一个很特别的地方。它是一个移民城市。但同美国不一样，我们除了租界、移民以外，还有本土文化。所以，用张爱玲的话说，它有一种很"奇异的智慧"。比如说当时好莱坞的电影，那是不受限制的，随便演。但是阮玲玉的电影也同时受到欢迎。张爱玲的小说，照样流行。

淳子：有一段时间上映由张爱玲写剧本的电影《太太万岁》。张爱玲的姑姑，是从英国留学回来的，原先的职业是在大光明电影院里担任电影同声翻译。当张爱玲的电影热播的时候，张爱玲的姑姑对张爱玲说，你这样我都没事儿干了。从这个小细节就可以看到我们一直说的海派文化的特征。海派文化的特征，就是五方杂处，什么地方的人都有。还有一个重要的特征，就是华洋杂处。这种杂处，最后就是"混血"成一个海派文化。

刚才陈钢先生说，陈歌辛先生的《玫瑰玫瑰我爱你》是中国唯一一首登上世界流行歌曲排行榜榜首的歌。而我们知道，陈歌辛先生在作曲的时候，曾经是求教过老师的。而这些老师，就是当年在第二次世界大战中流亡到上海的犹太人。上海音乐学院里，以前有很多著名的指挥家、音乐家，他们的老师都是来自世界各地的著名音乐家。这些音乐家由于是犹太人，只能流亡到上海。而上海给了他们生存的空间。

为什么海派文化有一种迷人的气质？就是因为有许许多多外来的人共同生活在上海这块土地上，共同混血在这儿。

前几天,陈钢先生和何占豪先生共同创作的《梁祝》已经飞上月球了。这部作品在世界各个交响乐团里是被演奏最多的一部中国作品。因为这部作品也是一个混血的作品,有中国的元素,加上了西洋的创作手法。很多的作品,我们都可以看到上海文化的渊源,那就是混血文化。

陈钢:说到混血,那个时候音乐学院不像现在,学院派也是多元化的。贺绿汀、刘雪庵都是音乐学院的。他们既写学院的东西,也写流行音乐。比如《天涯歌女》《何日君再来》等。《何日君再来》的作者刘雪庵为了这个"君"字,受了一辈子罪。这个"君",充其量就是情歌中的"情郎"罢了。

淳子:比如"君不见黄河之水天上来",其实这个"君",只是一个指代词。而在特殊的时代,会引起一种误解。

陈钢:音乐上有一个很大的特点,20世纪二三十年代爵士音乐进来,舞厅的节奏就进入了音乐,比如《玫瑰玫瑰我爱你》《夜来香》等。其中有爵士、探戈、伦巴等。

淳子:《恭喜恭喜》是什么样的?

陈钢:这是比较民族的,多元中的"一元"。

淳子:《花样年华》这部电影里,潘迪华演了一个上海房东。其实,王家卫拍这个电影的时候,开始并没有"上海房东"这个角色。后来,正好他们一同到电影院看另外一部电影,王家卫看到了潘迪华。潘迪华身上的那种上海女人的味道,一下子就给了王家卫一种灵感。他觉得从潘迪华身上看到了他妈妈那样的气质。因为王家卫的妈妈是上海女人。所以他就邀请了潘迪华参与表演。里面的上海房东角色是后来加进去的。由于潘迪华本身的气质,加上老式的上海话,真的给电影增添了无穷的魅力。

我还记得潘迪华的一句话，"蔡琴的声音真的好得不得了，本钱很好。蔡琴每年都要到上海唱老歌，挣上海人的票钱。蔡琴的声音是好的，但没有唱出上海的味道来"。这个味道真的很难的。李安这次拍电影，他心里很怕，说"我已经很努力了。希望张奶奶出来给我们说一句公道话，到底有没有拍出上海的味道来"。

老歌不老，它能雅俗共赏

陈钢：老歌不老的第三个原因，就是雅俗共赏。当时的老歌，是文人写的市民歌曲。"词圣"陈蝶衣的《凤凰于飞》，引用了很多《诗经》里的典故。还有作曲家自己写词，《永远的微笑》是我父亲自己写的词。《初恋》是戴望舒写的词。每首歌，就是一首诗。我搞了几十年音乐，可是现在的一些歌词听不懂，曲子也学不会，虽然周杰伦的歌我也挺想学的。

淳子：周杰伦其实也懂得的。他和张艺谋合作的时候，他终于知道了他那种口齿不清是很难走向世界的。他的《菊花台》，其实已经蛮有我们上海老歌的味道了。

陈钢：雅俗共赏是非常重要的。雅，上海的老歌就是"大雅"。可以说是流行的艺术歌曲，也可以说是艺术的流行歌曲。所以说，这些歌的词曲俱佳。我为什么说是文人写的市民歌曲呢？什么叫市民？张爱玲说，我就是小市民。那个时候的市民水平，就是张爱玲水平。有这样一批文人和受众，才能产生这样的歌曲，这是一个很大的特点。

我们对上海，其实很久以来都是误读的，一直误读到今天。我们今天在电视屏幕上见到的不是雅俗共赏，而是俗不可耐、粗俗、庸俗、恶俗！

淳子：这个误读，首先从香港电影开始的，比如早年的《上海滩》。早期的香港电影对上海的描述，除了黑社会、舞女就没有别的了。

陈钢：作为上海市民，我要对这点提出抗议。在香港凤凰台的"世纪大讲堂"里，我开过一个讲座，讲海派文化与上海老歌。其中我点了张艺谋的名，我讲在他的《摇啊摇，摇到外婆桥》里，把上海写成了舞女加流氓。

淳子：不过这也是张艺谋的无奈。一直有人说张艺谋是农民导演，他可以拿《大红灯笼高高挂》《秋菊打官司》去得大奖，可他就是没有办法碰都市题材。他要到上海拍，却没有办法把握上海题材。张艺谋拍《摇啊摇，摇到外婆桥》，最后拍到了农村的一个小岛。还是只能拍农村的。

文化修养高于张艺谋的陈凯歌，在张艺谋拍《摇啊摇，摇到外婆桥》的同时到上海拍《风月》。当时的编剧是王安忆。他们拍到最后，上海变成了一个影子。最后只能后退到苏州的退思园里拍一个江南小镇的片子。我们想说的就是上海文化的丰富性很难把握，因为它太丰富了。

陈钢：所以碰到拍上海谁都会胆战心惊。

老歌不老，它最情真意切

陈钢：老歌不老的第四个原因，也是最重要的，这些老歌，大部分都是情真意切的情歌。因为是写情，写得很深情、浓情,是写了人类最永恒的一个命题"爱",所以这些歌才能经久不衰留存下来。比如王维倩灌制的唱片《情歌天外来》,这个名字是我起的。上海老歌大部分是情歌,而且大部分内容关乎女性。德国有一个伟大的音乐家瓦格纳,他说女性是人生的音乐。歌颂女性、歌颂爱情,这是永恒的命题。所以我起这个名字《情歌天外来》。本来是《情歌天上来》,后来我改成了《情歌天外来》。我父亲有一个外号叫"歌仙",应该是天外慢慢地飘来。我觉得这是一个很有意义的事,所以我特别邀请了我们的大诗人,当代大文学家,我的好朋友白桦先生为我们题词。白桦先生还特意为唱片写了一首短情诗:

> 白云载着你的歌,
> 就像一艘艘临风飞来的帆船。
> 轻柔地停泊在人们心灵的堤岸上,
> 随着浪花的拍节回旋……
> 所有的花朵都在歌声中静静地开放了,
> 所有的岁月都变得明亮、优美而又鲜艳。

希望上海的老歌永远留在我们的心里,希望我们像爱护生命一样爱护我们的海派文化。